무림오적 65

초판 1쇄 발행 2024년 4월 18일

지은이 ㅣ 백야
발행인 ㅣ 최원영
편집장 ㅣ 이호준
편집디자인 ㅣ 최은아
영업 ㅣ 김민원 조은걸

펴낸곳 ㅣ ㈜디앤씨미디어
등록 ㅣ 2002년 4월 25일 제20-260호
주소 ㅣ 서울시 구로구 디지털로32길 30 코오롱디지털타워빌란트 1301-1308호
전화 ㅣ 02-333-2513(대표)
팩시밀리 ㅣ 02-333-2514
E-mail ㅣ papy_dnc@dncmedia.co.kr
블로그 ㅣ blog.naver.com/gnpdl7

ISBN 978-89-267-9194-3 04810
ISBN 978-89-267-3458-2 (SET)

※ 저자와 협의하여 인지는 붙이지 않습니다.
※ 이 책은 ㈜디앤씨미디어(파피루스)가 저작권자와의 계약에 따라 발행한 것으로 본사와 저자의 허락 없이는 어떠한 형태나 수단으로도 내용을 이용할 수 없습니다.

백아 신무협 장편소설

65

무림오적

1장 복수(復讐) 7

2장 주인(主人) 41

3장 미행(尾行) 75

4장 심처(深處) 109

5장 무연(无緣) 145

6장 일함(一喊) 181

7장 현신(現身) 205

8장 고수(高手) 229

9장 배신(背信) 255

10장 급보(急報) 277

1장.
복수(復讐)

"좋아."
공 지배인은 고개를 끄덕이며 입을 열었다.
"소나기는 피해 가라고 했다. 비가 그칠 때까지 오룡객잔과 다른 가게들 모두 잠시 문을 닫기로 한다."
사내들은 크게 기뻐하며 허리를 숙였다.
"명을 따르겠습니다, 나리."

복수(復讐)

1. 소나기는 피해 가라고 했다

"실패하다니, 그게 무슨 말이지?"
 공 지배인은 당황하지 않은 듯 침착한 목소리로 물었다.
 하지만 그의 눈빛이 흔들리고 목소리도 살짝 떨리는 것으로 보아, 도저히 믿어지지 않는 일이 일어난 것만큼은 확실해 보였다.
 그의 앞에는 세 명의 사내가 서 있었다. 그중 한 사내가 조심스러운 어조로 말했다.
 "이곳 객잔을 떠났던 화군악 일행을 천면호귀와 흡정호랑이 꾀어내, 나리께서 미리 낙안호동에 준비해 두었던 함정에 빠뜨리는 것까지는 성공하였습니다."

"그래. 거기까지는 나도 보고를 받아서 알고 있다. 안 그래도 마침 그 좁은 통로 안에서 그들을 굶겨서 죽일까, 불태워 죽일까 고민하던 참이었다. 그런데 느닷없이 달려와 실패라니, 그게 무슨 소리냐?"

공 지배인이 따지듯 묻자, 사내가 다시 입을 열었다.

"침입자들이 있었습니다. 계집 하나에 사내 둘. 계집은 황계 낙양 지부의 왕군려였고, 사내들은 무림오적의 담우천과 장예추였습니다."

"뭐라고?"

공 지배인이 놀란 표정을 지으며 소리 높여 물었다.

"확실하더냐? 담우천과 장예추는 지금 북경부에 있어야 하지 않더냐? 아니, 나흘 전, 닷새 전까지만 북경부에 머물러 있지 않았더냐? 그런데 이곳 낙양에서 그들을 보았다는 말이냐?"

"네. 처음에는 저희도 믿어지지 않았습니다. 하지만 백팔혈랑 삼대조(三隊組) 전원이 순식간에 살해당하는 걸 보고 확신할 수 있었습니다."

또 다른 사내가 말했다.

"담우천과 장예추는 두 명의 혈랑을 생포한 다음 그들을 고문하여 안가에 머물러 있는 천면호귀와 흡정호랑의 위치를 알아냈습니다."

다른 사내가 말을 받았다.

"그리고 우리가 따로 호각을 불어 그녀들에게 위험하다는 신호를 보내기도 전에 담우천이 안가의 지붕을 박살 내며 뛰어들어 단번에 천면호귀와 흡정호랑을 해치우고 화군악 일행을 구해 낸 것으로 파악됩니다."

"그래서."

공 지배인은 세 사내를 노려보며 물었다.

"너희들은 아무런 것도 하지 못한 채 그저 멀리서 구경만 하다가 돌아왔단 말이더냐?"

세 사내는 거침없이 대답했다.

"상대는 어디까지나 무림오적의 담우천과 장예추였습니다. 그들이 왔다면 그 강만리도 분명 이곳에 왔거나 혹은 오는 중일 거라고 생각했습니다."

"총사께서 말씀하시기를 당신의 허락이 없는 한 절대 무림오적, 특히 강만리와는 붙지 말라고 하셨습니다."

"다른 백팔혈랑을 불러 괜한 개죽음을 당하게 하느니 차라리 공 나리께 그러한 소식을 전해 드린 후 대책을 강구하는 게 낫겠다 싶어서 바로 달려온 겁니다."

"으음."

공 지배인은 가볍게 눈살을 찌푸렸다.

상관 앞에서 저런 말을 태연자약하게 할 수 있다니, 확실히 자신의 수하답다고 생각하면서 공 지배인은 다시 입을 열었다.

"좋아, 거기까지 생각하고 움직인 거라면 이해할 수 있겠구나. 그럼 놈들이 이제 어찌 움직일 것 같느냐?"

그의 질문에 세 사내는 이미 생각해 둔 바가 있다는 듯 망설이지 않고 대답했다.

"확실히 담우천과 장예추는 닷새 전까지 강만리 등과 함께 북경부에 있었습니다. 방금 막 황태자를 만나고 퇴궐(退闕)했다는 세작의 전갈이 있었으니까요."

"닷새 전이라면 아직 화군악 일행이 정주에 머물러 있을 때였습니다. 낙양 근처에는 오지도 않았죠."

"그러니 황계 북경 지부에 들러서 무언가 정보를 들은 게 분명합니다. 가령 화군악 일행이 낙양으로 갈 것 같다는 것과 또 마침 낙양 지부가 궤멸당했다시피 했다는 이야기들 말입니다."

"우리가 들어서 알고 있는 강만리라면 그 모든 보고를 종합하여 이곳 낙양의 오룡객잔과 총사의 관계를 알아냈을 확률이 높습니다. 만약 강만리가 그 관계를 알아내지 못했다면 담우천과 장예추가 불과 닷새 만에 북경부에서 낙양까지 달려오지 않았을 겁니다."

사내들의 이어지는 말에 공 지배인은 연신 고개를 끄덕였다.

확실히 논리적이고 타당한 추론들이었다. 특히 담우천

과 장예추가 이곳 낙양으로 달려온 이유가 매우 그럴듯하게 설명되고 있었다.

하지만 공 지배인은 여전히 미심쩍다는 표정을 지으며 입을 열었다.

"열두 시진 내내 달려도 사람의 능력으로는 겨우 닷새 만에 북경부에서 이곳 낙양까지 올 수 없다. 천리마(千里馬)도 어림없는 일일 것이다."

그러자 세 사내가 항변하듯 말을 받았다.

"하지만 어쨌든 천하의 담우천과 장예추이잖습니까? 그들은 지금껏 세상 그 누구도 해낼 수 없던 일들을 충분히 해내지 않았습니까? 그들이라면 가능합니다."

"그들의 경공술은 이미 어느 정도 확인된 상황입니다. 대양산에서 황후가 암살당할 때도 그들은 믿어지지 않을 정도의 빠른 경공술을 사용하여 하루 이틀 만에 황궁과 대양산을 오가지 않았습니까?"

"네. 그 바람에 우리는 황후를 죽인 자가 담우천과 장예추라는 사실을 추호도 의심하지 못했잖습니까?"

"으음. 그랬었지."

공 지배인은 입술을 깨물었다.

황궁에서 대양산까지는 말을 질주하고도 사나흘 걸리는 거리. 그 거리를 단 사흘 만에 왕복한다는 건 경공술의 신이 아니고서는 도저히 있을 수 없는 일이라고 생각했다.

 그래서 황궁의 칠성회 사람들은 처음부터 담우천과 장예추를 범인일 리 없다고 확신했고, 더불어 강만리도 전혀 의심하지 않았다.

 그리고 그들의 몰락은 그렇게 시작되었다.

 "어쨌든 지금은 모든 게 지나간 일들입니다. 전혀 중요하지 않습니다. 지금은 앞으로의 대책을 빠르게 강구하셔야 할 때입니다."

 사내들은 공 지배인을 설득하듯 이야기했다.

 "놈들은 이미 이곳 오룡객잔이 총사의 휘하에 있다는 걸 알고 있습니다. 또한 이번 일이 오룡객잔의 주도하에 이뤄졌다는 사실도 알고 있을 겁니다."

 "만약 담우천이나 화군악이 복수를 하고자 한다면 당연히 공 나리께서 위험에 처하게 됩니다. 그러니 대책을 마련하셔야 합니다. 이곳을 버리고 은신할지, 아니면 놈들과 맞서 싸울지, 그것도 아니라면 또 다른 뭔가의 방책(方策)을 모색해야 한다고 생각합니다."

 "흐음. 설마 복수한답시고 적의 소굴인 이곳까지 직접 쳐들어오겠느냐?"

 공 지배인이 고개를 홰홰 저으며 말했다.

 "게다가 나와 총사와의 관계를 직접 본 이상, 나를 건드린다면 총사가 절대 가만히 있지 않을 것이라는 사실도 잘 알고 있을 터. 그런 위험 부담을 안고서까지 나를 죽이려 든다? 흐음, 절대 그런 일은 없다고 본다."

그는 확신하듯 단언했다.

세 명의 사내가 동시에 서로를 돌아보았다. 그중 한 사내가 아주 조심스러운 어조로 입을 열었다.

"닷새도 안 되어서 북경부에서 낙양까지 달려온 자들입니다. 그 심정이 어떠했겠습니까? 벗을 잃을 수 없다는 장예추의 절절하고 처절한 마음도 그렇겠지만, 그보다 자신의 아들을 함정에 빠뜨린 걸 알게 된 담우천이라면…… 부디 다시 한번 생각해 주시기 바랍니다."

"흐음."

놀랍게도 공 지배인은 수하들의 부탁에 따라 재고(再考)하기 시작했다.

명색이 '웃는 와중에 칼을 휘두른다'는 소중참도라는 별호를 지닌 공 지배인이었다.

지금껏 그는 계략과 함정을 통해 수많은 정파 고수들을 사지로 몰고 목숨을 빼앗아 왔다. 즉, 머리를 굴리는 것 하나만큼은 타의 추종을 불허하는 자였다.

그런 공 지배인이었지만, 믿어지지 않게도 수하들의 조언을 함부로 배제하거나 묵살하지 않았다.

아니, 애당초 수하들의 조언에 귀를 기울일 줄 아는 인물이기에 지금껏 그렇게 수많은 계략과 함정을 만들어

냈던 것인지도 몰랐다.

"좋아."

공 지배인은 고개를 끄덕이며 입을 열었다.

"소나기는 피해 가라고 했다. 비가 그칠 때까지 오룡객잔과 다른 가게들 모두 잠시 문을 닫기로 한다."

사내들은 크게 기뻐하며 허리를 숙였다.

"명을 따르겠습니다, 나리."

* * *

"어쩐 일이십니까, 형님?"

화군악은 좁은 통로를 채 기어 나오기도 전에 담우천을 쳐다보며 그렇게 물었다.

"자네도 참."

담우천이 가볍게 혀를 찼다.

"하여튼 성질 급한 건 알아줘야 한다. 누구인지도 모르는 상황에서 함부로 지풍을 날리다니, 만약 내가 피하지 못했다면 어찌할 뻔했겠느냐?"

"하하하. 강 형님이나 예추라면 또 모르겠지만 담 형님이 피하지 못하실 리가요."

겨우 밖으로 기어 나온 화군악이 전신에 묻은 흙먼지를 탈탈 털어 내며 웃자, 담우천은 고개를 설레설레 흔들었다.

"고맙네. 때맞춰 와 주었군그래."

화군악의 뒤를 따라 기어 나온 만해거사가 한숨을 내쉬며 인사했다. 담우천도 살짝 고개를 숙이며 말했다.

"당연히 해야 할 일을 했을 뿐입니다."

"아버님."

그때였다. 흙투성이가 된 채 기어 나온 담호가 울먹이는 목소리로 담우천을 불렀다.

담우천의 시선이 그에게로 향했다.

잔뜩 헝클어진 머리에 누구인지 알아볼 수 없는 얼굴로 변장한 채. 하지만 그 흐느끼는 듯한 눈빛 하나만으로 바로 제 아들임을 직감할 수 있는 담호가 거기 서 있었다.

담우천은 저도 모르게 팔을 벌리며 제 아들을 불렀다.

"호야."

"네, 아버님."

담호는 두 팔을 벌린 담우천의 품속으로 뛰어 들어갔다.

처음 있는 일이었다.

맹세코, 담호가 기억하는 한 처음으로 아버지가 자신을 향해 두 팔을 벌렸고, 또 처음으로 아버지의 품에 뛰어 들어간 것이었다.

아버지의 품은 한없이 따스했다. 피 냄새가 흘렀다. 곳곳에 살점과 핏물이 묻어 있었다.

이곳까지 오는 동안 그 어떤 일을 겪으셨을까. 무슨 마음으로 이곳까지 오셨을까. 왜 생전 처음으로 두 팔을 벌려 나를 부르셨을까.

그 생각을 하자 담호는 갑자기 눈물이 흐르기 시작했다.

담우천은 부드럽게 그를 껴안은 채 등을 토닥거렸다.

이미 다 성장했다지만, 아직 약관이 되려면 몇 년이나 남았다. 겉으로는 언제나 믿음직한 맏아들 노릇을 하고 있었지만, 속을 들여다보면 한없이 나약하고 감수성 예민한 녀석이었다.

'그래, 잘 버텼다.'

담우천은 그렇게 내심 중얼거리며 한참이나 담호를 끌어안고 있다가, 문득 목이 멘 듯 가볍게 헛기침을 하며 그를 품에서 놓아주었다.

담호도 아버지 품에서 눈물을 흘렸던 게 어색하고 부끄럽고 쑥스러웠는지 황급히 소매를 들어 얼굴을 닦았다. 그 바람에 역용까지 지워져서 담호의 얼굴은 그야말로 낙서장의 그림과도 같아졌다.

그들 두 부자가 오래간만의 해후를 나누는 동안, 화군악과 만해거사는 다시 좁은 통로 안으로 몸을 집어넣은 채 끙끙거리며 소자양을 꺼내고 있었다.

워낙 좁은 통로라 수혈에 제압당한 채 꼼짝달싹하지 않

고 있는 소자양을 꺼내는 데에만 꽤 오랜 시간을 허비해야만 했다.

그렇게 공들여 꺼낸 소자양은 낮은 소리로 코까지 골면서 깊게 잠들어 있었다. 만해거사와 화군악은 어이없다는 표정을 지으며 서로를 돌아보았다.

그때 문득 화군악이 뒤늦게 생각났다는 듯 담우천을 돌아보았다.

"그 빌어먹을 계집년들은 어떻게 되었습니까?"

그는 당장 씹어먹어도 모자라다는 듯이 바득바득 이를 갈며 물었다.

2. 사건 현장

도파파로 변장했던 천면호귀와 왕군려로 변장했던 흡정호랑은 무너져 내린 지붕 잔해 아래에서 발견되었다.

두 사람 모두 목에 구멍이 뻥 뚫린 채 처참한 몰골로 채 죽어 있었다. 복면을 뒤집어서서 얼굴을 가린 채 잠시 시신을 내려다보던 자들은 다시 방 안 곳곳을 둘러보았다.

한쪽 벽에 설치되어 있던 조그만 철문은 열려 있었고, 그 안 좁은 통로에는 아무런 것도 보이지 않았다. 뭔가 질질 끌어낸 것 같은 흔적, 그게 이 방에서 찾아볼 수 있는 유일한 흔적이었다.

그때 복면인 중 한 명이 입을 열었다.

"나리께서 모든 간판을 내리고 한동안 피해 계시겠다고 하셨는데, 굳이 지금 우리가 이곳에서 놈들의 흔적을 찾을 필요가 있겠소?"

그러자 다른 복면인이 무심하게 대꾸했다.

"상황이 어떻게 되었는지, 놈들이 무슨 방법으로 천면호귀를 살해하고 어떤 식으로 움직였는지는 확실하게 알아 두어야 하니까. 그래야 다시 수면 위로 올라왔을 때, 확실하게 복수를 할 수 있으니까."

"흠, 그래서 알아낸 게 있소?"

"물론. 놈의 한 자루 검은 그 무엇보다 빠르게 천면호귀의 목을 관통했고, 또 도망치려는 흡정호랑의 목덜미를 찔러서 해치웠다는 사실을 알게 되었지. 그 수법이 너무나도 빠르고 정확해서 마치 두 개의 검으로 동시에 그녀들을 살해한 것처럼 보인다는 것도."

"역시 그 정도 실력이라면 담우천이겠구려."

"그렇겠지. 그 한 수만 보더라도, 우리가 알던 사선행수 시절의 담우천보다 훨씬 더 강해진 건 확실하네."

"그건 이미 수많은 보고를 통해서 익히 알고 있는 사실이 아니오? 또 다른 건 없소?"

"한 명 정도는 저 좁은 통로에서 의식을 잃었다는 것. 상황을 유추해 본다면 아마도 좁은 공간에 갇힌 채 반쯤 미쳤을 것이고, 그래서 수혈이나 마혈, 아니 질질 끌고 나온 흔적을 보면 확실히 수혈이겠군. 그래, 수혈을 짚어서 잠재웠을 것이네."

"흠, 그렇다면 아직 멀리 가지는 못했겠구려. 해혈(解穴)한 다음에도 그자가 정신을 차리고 기력을 회복할 때까지는 제법 시간이 필요할 테니까 말이오."

"그렇지. 주변 객잔이나 혹은 한적하고 외진 곳의 빈 사당이나 폐찰 같은 곳에 은신하고 있을 가능성이 크네."

"아아. 폐찰이라고 하니 생각나는 게 있소. 제룡사라고, 저 낙강 북쪽에 있는 오래된 절이 하나 있소. 비록 폐찰은 아니지만 폐찰이나 다를 바 없는 절이오."

"흐음. 그럼 사람들을 풀어서 주변 객잔을, 그리고 제룡사를 비롯한 인근 폐찰과 사당들을 살펴보라고 해야겠군."

우두머리인 듯한 복면인이 묵직한 음성으로 그리 말할 때였다.

"아니, 굳이 그럴 필요 없다."

복면인보다 더더욱 묵직한 목소리가 그들의 머리 위에서 들려왔다. 복면인들의 눈빛이 크게 흔들리는 순간, 무너져 있던 지붕에서 두 개의 신형이 벼락처럼 떨어졌다.

동시에 복면인들이 반사적으로 주먹을 날리고 칼을 휘

둘렀다. 강맹한 장력이 우르릉! 소리를 내며 터져 나왔고, 번쩍이는 검기가 두 신형을 휘감았다.

하지만 다음 순간, 두 개의 신형은 거짓말처럼 환영처럼 그 자리에서 사라졌다 싶더니 어느새 복면인들의 등 뒤에서 모습을 드러냈다.

그야말로 완벽한 환섬신루(幻閃蜃樓)와 은형환무(隱影幻霧)의 보법이었다.

"헉!"

"컥!"

복면인들의 입에서 연달아 신음과 비명이 터져 나왔다.

그들의 등 뒤로 돌아간 자들이 내지른 일격이 얼마나 빠르고 강렬했는지, 대여섯 명의 복면인들이 모두 바닥에 쓰러지고 나서야 비로소 그 신음과 비명이 들린 것이었다.

우두머리 복면인의 눈빛이 파르르 떨렸다.

불과 하나, 둘을 헤아릴 정도의 시간밖에 흐르지 않았는데 이곳에서 살아남은 자는 그와, 또 그와 대화를 주고받았던 복면인, 둘뿐이었다.

두 개의 신형 중 나이가 많아 보이는 사내, 그러니까 담우천은 핏물 뚝뚝 떨어지는 검을 움켜쥔 채 복면인들을 바라보며 입을 열었다.

"굳이 우리를 찾아올 필요가 없네. 이렇게 우리가 직접 그대들 앞에 모습을 드러냈으니까."

"역시……."

담우천의 말이 끝나자마자 또 다른 신형, 장예추는 두 명의 복면인에게서 시선을 떼지 않은 채 입을 열었다.

"강 형님께서 말씀하시기를 사건을 일으킨 자는 반드시 그 자리에 돌아올 거라고 했는데, 역시 그게 사실이었군그래."

"강 형님?"

우두머리 복면인의 눈빛이 변했다.

"북경부에 있다던 강만리도 이곳에 왔다는 건가?"

"호오. 우리에 대해서 잘 알고 있네. 우리가 북경부에 있었다는 사실도 알고 있고. 사실 여인이라면 몰라도 사내들의 관심은 그리 내키지 않는데 말이지."

장예추의 비아냥에도 불구하고 우두머리 복면인은 이를 악문 채 아무렇게나 널브러진 동료들을 훑어보다가 천천히 입을 열었다.

"밖에 있던 아이들은?"

장예추가 "아." 하며 대꾸했다.

"그들을 믿고 경비를 맡기기에는 너무 약하지 않아? 그 정도 실력을 지닌 자들이라면 스물두 명이 아니라 백 명이 서 있어도 짚단과 다를 바가 없거든."

장예추의 이야기에 우두머리 복면인은 꽤 충격을 받은 모양이었다.

사실 스물두 명의 수하가 모두 목숨을 잃었다는 건 그리 놀라운 일이 아니었다. 지금 이 방 안에서 보여 주었던 장예추와 담우천의 놀라운 신위만 보더라도 복면인의 수하들이 저들의 일격을 당해 낼 리 만무했다.

하지만 복면인이 놀란 부분은 스물두 명이나 죽는 와중에 그들 중 누구 하나 호각은커녕 비명 한 점 내지르지 못했다는 사실이었다.

그것은 곧 스물두 명의 수하가 거의 동시에 목숨을 잃었거나 혹은 동료들이 짚단 베이듯 쓰러지고 있는데도 누구 하나 그 사실을 눈치채지 못했다는 걸 의미했다.

"역시……."

우두머리 복면인이 중얼거렸다.

"사선행수와 무림엽사(武林獵師)답군그래."

"호오, 얼굴만 보고도 우리가 누구인지 아는군그래. 아, 정말 우리에게 관심이 많나 보네."

장예추가 살짝 놀라는 시늉을 하며 말했다.

"그리도 또 그만큼 철저하게 교육을 받은 모양이겠지, 종리군에게?"

"종리군?"

우두머리 복면인이 고개를 갸웃거리며 되물었다.

"종리군이 누구지?"

"풋. 다 알고 있으니 그렇게 모른 척할 필요는 없어. 그대들이 종리군의 하수인인 소중참도 공백인의 수하라는 것까지 이미 알고 있으니까."

우두머리 복면인은 가늘게 눈을 뜨며 말했다.

"이렇게까지 되었는데 굳이 거짓말을 할 이유가 어디 있을까? 우리가 공 나리의 수하라는 건 사실이지만, 공 나리께서 종리군이라는 자의 하수인이라는 건 지금 처음 들어 보는 이야기다."

"호오."

장예추과 담우천은 의외의 말을 들었다는 표정으로 서로를 바라보았다.

바로 그때였다.

잠자코 기회만 노리고 있던 또 다른 복면인이 벼락처럼 쌍장을 휘둘렀다. 강맹무비(强猛無比)한 장력이 그의 두 손에서 노도(怒濤)처럼 뿜어져 나왔다. 그야말로 예측불허의 일격이었다.

하지만 다음 순간, 기다렸다는 듯이 담우천의 검이 허공을 갈랐고, 장예추의 검이 지면을 훑었다.

담우천의 검은 달려들던 복면인의 목젖을 정확하게 꿰뚫었으며, 복면인은 쌍장을 휘두르는 동작 그대로 뒤로 나가떨어졌다.

그의 쌍장에서 발출되던 장력은 그만 목표를 잃은 채 콰앙! 하는 요란한 굉음과 함께 애꿎은 천장만 박살 내며 사라졌다.

 동시에 장예추의 검은 막 움직이려 했던 우두머리 복면인의 하복부를 찌르고 있었다. 만약 우두머리 복면인이 한 걸음이라도 더 움직였다면 장예추의 검은 그대로 복면인의 하복부를 관통했을 것이다.

 복면 사이로 내비치는 우두머리 복면인의 눈빛이 파르르 떨렸다.

 '이 정도나……'

 도저히 믿을 수가 없었다.

 '차이가 날 줄이야.'

 비록 보고를 듣고 소문을 들어서 익히 알고는 있었지만, 무림오적과 이만한 차이가 날 줄은 전혀 몰랐다.

 아니, 지금 직접 그 현격한 차이를 경험했음에도 불구하고 여전히 믿을 수가 없었다.

 "굳이 그대를 살려 둔 이유는 오직 한 가지다."

 장예추는 여전히 복면인의 하복부에 검을 겨냥한 채 입을 열었다.

 "공백인은 어디로 숨은 거지?"

 장예추와 담우천은 지붕 위에서 엿들었던 복면인들의 대화를 통해서, 공 지배인이 한동안 모든 간판을 내리고 피해 있으려 한다는 사실을 이미 알고 있었다.

우두머리 복면인이 피식 웃었다.

"그걸 내가 네놈들에게 말해 줄 것 같나?"

잠자코 있던 담우천이 조용한 목소리로 말했다.

"상관없다. 말해 주게 만들면 되니까."

상당히 광오한 이야기였지만 우두머리 복면인은 담우천의 말을 인정한다는 듯이 고개를 끄덕였다.

"사선행수라면 능히 그럴 수 있겠지. 하지만 이미 늦었어, 내 입을 열기에는."

그렇게 말하는 우두머리 복면인의 입에서 갑자기 검은 피가 주르륵 흘러내렸다.

"독약을 깨물었나?"

장예추가 깜짝 놀라며 손을 뻗어 점혈하려는 순간, 복면인은 이내 두어 걸음 물러서며 부글부글 피거품까지 끓어오르는 입을 벌리며 말했다.

"지옥에서 기다리지."

그게 우두머리 복면인의 유언(遺言)이었다.

그 말을 마치자마자 복면인은 "쿨럭." 하며 피를 뿜어냈다. 그러고는 이내 안에서부터 쪼그라드는가 싶더니 순식간에 그 원형(原型)을 알 수 없는 형체가 되어 철퍼덕! 소리와 함께 바닥에 떨어졌다.

그 처참하게 변한 형제는 부글부글 연기를 내면서 심지

어 바닥까지 태우고 있었다.

"강산(强酸) 계열의 독인가 보군."

담우천이 중얼거렸다.

우두머리 복면인이 한 줌 물로 변하는 과정을 잠자코 지켜보던 장예추는 문득 지난날 황궁에서 강만리를 암살하려 했던 환관을 떠올렸다.

그 환관은 암살에 실패하자마자 바로 입안의 독을 깨물어 자결했는데, 당시에도 지금처럼 부글부글 거품을 일으키며 녹아서 마침내 한 줌의 검붉은 물로 변했었다.

장예추의 뇌리에 한 가닥 의문이 떠올랐다.

'산골독(散骨毒)이 이렇게 구하기 쉬운 물건이었던가?'

그럴 리 없었다.

애당초 독(毒)이라는 게 그렇게 쉽게 구해지는 물건이 아니었다. 만약 누구나 독을 구할 수 있다면 강호에서 살아남을 수 있는 사람은 극소수에 불과했고, 또한 살수니 하는 직업은 그 존재조차 사라질 터였다.

독은 기본적으로 동물과 식물 등 살아 있는 생물에게서 구할 수 있는 독과 광물에서 구할 수 있는 독, 그리고 여러 가지 독이나 혹은 독이 아닌 물질들을 혼합하며 만드는 독, 이렇게 크게 세 가지로 분류할 수 있었다.

생물이나 광물의 독은 전문가뿐만 아니라 그 방면에 일정한 지식이 있는 의생들도 충분히 구할 수 있었다.

하지만 여러 가지 물질을 일정한 배합으로 혼합한 독은 반드시 그 방면의 전문가만이 만들어 낼 수 있었다.

화골산(化骨酸)이나 산골독에 들어가는 강산(强酸)이 바로 그런 경우였다.

소금물과 흑연(黑鉛)을 이용하여 만드는 염산(鹽酸)이나 유황과 소금물 등을 가공 조합하여 만드는 황산(黃酸), 그리고 염초(鹽硝)와 황산을 일정한 배율로 조합한 후 증류해서 만드는 질산(窒酸) 같은 독은 그 계통에 탁월한 전문 지식이 없는 한 아예 손도 댈 수 없는 물건들이었다.

심지어 독에 관한 절대자(絶對者)라고 할 수 있는 사천당문조차 그러한 계통의 독은 쉽게 만들어 내지 못했다.

즉 그만큼 만들 줄 아는 사람이 없으니 당연히 만들어진 독은 고가에 팔릴 터, 이렇게 자결용으로 사용하기 위해 입안에 물고 다닐 정도로 만만한 가격의 물건은 절대 아니었다.

'그러니 종리군에게 그 정도 독을 다룰 줄 아는 자들이 있다고 생각하는 게 맞겠지.'

그렇다면 더더욱 조심해야 했다. 어쨌든 상대는 언제든지 독을 사용할 수 있다는 경계심을 가져야 했다.

장예추는 그런 상념을 끝으로 담우천을 돌아보며 물었다.

"그럼 이제 공백인을 어떻게 끌어내야 하죠?"

담우천이 잠시 생각하다가 말했다.

"우선 강만리에게로 돌아가자."

3. 불가능한 게 어디 있겠소?

유주의 황야는 여전히 황량했다.

서쪽에서 동쪽으로 부는 메마른 바람을 타고 황사(黃砂)가 이동하는 모습이 창밖으로 보였다.

거친 모래와 흙먼지 속을 걷다 보면 입안에서 흙모래가 잘강잘강 씹히고, 속옷 안까지 모래들이 들어와 바스락거리는 소리를 냈다.

유주의 황야를 건너오는 동안 머리카락과 얼굴, 옷가지 할 것 없이 흙모래로 뒤집어쓴 사람들은 객잔에 도착하자마자 곧바로 목욕해야만 했다.

하지만 여전히 온몸에 흙모래가 뒤덮여 있는 것만 같았다.

잠시 창밖을 내다보던 고봉 진인은 아직도 퍼석거리는 듯한 머리카락을 긁으며 투덜거렸다.

"이 빌어먹을 흙먼지들을 모두 없애려면 최소한 다섯 번은 더 머리를 감아야 할 것 같군."

"훗. 그게 이 황야에서 수년을 살았던 사람이 할 말이라고 생각하오?"

마침 꿩국을 가지고 오던 이 객잔의 뚱보 주인장이 웃으며 말했다.

그랬다. 확실히 고봉 진인은 한때 이 유랑객잔에서 내려다보이는 저 조그만 마을에서 수년간 생활한 적이 있었다. 그때는 머리에 비듬처럼 흙모래가 내려앉아도 아무런 거리낌이 없었다.

그런데 저 마을을 떠난 지 불과 일 년 만에 고봉 진인은 이곳 유주에서의 생활을 잊어버렸다.

마치 이런 광활한 황야는 처음 와 보는 것처럼, 저 쉬지 않고 불어닥치는 모래바람을 생전 처음 겪는 것처럼 불과 일 년 사이에 이 유주가 낯설어진 것이었다.

고봉 진인은 길게 한숨을 내쉬며 입을 열었다.

"하기야 고작 일 년이라고 하기에는 너무나도 많은 일들을 겪고 봐 왔으니까."

"호오, 얼마나 많은 것을 보고 겪었기에 족히 십 년은 떠나 있던 사람처럼 말하는 것이오?"

고봉 진인 앞에 꿩국이 담긴 그릇을 내려놓은 뚱보 주인장은 아예 맞은편 자리에 앉으며 그렇게 물었다.

그에 고봉 진인은 대답 대신 먼저 꿩국을 한 모금 들이켠 후, "캬아." 하며 연신 고개를 끄덕였다.

"지난 일 년 동안 온갖 별미를 다 먹어 봤지만 역시 임자의 이 꿩국만 한 요리를 따라올 음식이 없었다네."

"뭐 새삼스럽게 그런 당연한 말을."

뚱보 주인장이 어깨를 으쓱거리며 말을 이었다.

"그래, 간만에 강호를 돌아본 소감이 어떻소?"

"강호는 무슨. 그저 북경부와 황궁에서만 지내다가 왔을 뿐인데."

고봉 진인이 피식 웃으며 말하고는 이내 진지한 표정을 지으며 고개를 설레설레 흔들었다.

"황궁이라고 해서 대단한 사람들이 모인 곳이라고 생각했는데 알고 보니 일반 저잣거리와 전혀 다를 바가 없더군. 그곳 역시 온갖 협잡과 음모와 계략이 난무하는 그런 곳이더라고."

"허어, 그걸 이제야 아신 거요? 황족이든 귀족이든 정치가든 결국에는 사람이오. 그리고 사람이라는 게 어떤 동물인지 익히 잘 알고 있지 않소?"

"잘 알다마다. 잘 대해 주면 은혜를 잊고 언제 뒤통수를 칠지 호시탐탐 노리기만 하고, 호의가 계속되면 권리인 줄 알고, 아전인수(我田引水) 격으로 제 실속만 차리려고 하고, 실수라도 하면 사과나 잘못을 비는 게 아니라 딱 잡아떼거나 변명과 남 탓만 늘어놓는 게 바로 사람이니까. 하지만 황궁은 그래도 다를 줄 알았지."

고봉 진인이 길게 한숨을 내쉬며 말을 이었다.

"어쨌든 이번 황궁 사람들을 겪고 나서 결심했네. 두 번 다시 강호에 출입하지 않겠다고 말일세. 곧장 북해빙궁으로 돌아가서 절대 바깥출입을 하지 않을 것이야. 아니, 다른 건 그렇다 치더라도 솔직히 말하자면……"

고봉 진인은 게까지 말하다가 문득 무슨 생각이 들었는지 말을 멈추고는 다시 꿩국을 들이켰다. 마침 이 층에서 "하하하!" 하며 여러 명이 웃는 소리가 들려왔다. 설벽린이 뭔가 재담(才談)이라도 늘어놓은 모양이었다.

똥보 주인장은 힐끗 위층을 올려다보고는 다시 고봉 진인을 돌아보며 입을 열었다.

"그래, 솔직히 말하자면?"

고봉 진인은 잠시 망설이다가 아주 조심스레, 목소리를 낮춰서 말했다.

"솔직히 말하자면…… 강 장주가 너무 무섭거든."

일순 똥보 주인장의 조그만 눈이 휘둥그레졌다.

"강 장주라면 강만리 말이오?"

"강만리 말고 강 장주가 따로 있나?"

고봉 진인이 고개를 끄덕였다. 똥보 주인장은 고개를 갸우뚱거리며 물었다.

"아니, 강만리가 뭐가 무섭다는 것이오? 설마 그에게 뭔가 잘못을 저지른 것이오?"

"허허, 내가 무슨 강호오괴도 아니고."

고봉 진인은 고개를 저으며 웃다가, 다시 진지한 표정을 지었다. 그리고 잠시 생각을 정리한 다음 천천히 입을 열었다.

"강 장주가 내게 구기(口技)를 배우겠다고 한 게 언제인지 아나?"

"그야…… 작년 여름이 아니오?"

"그렇지? 자네 배사식 때 처음으로 내가 화평장 사람들에게 구기를 선보였으니까. 그리고 강 장주가 황태자 음독(飮毒) 사건을 해결한 직후이기도 하고."

고봉 진인이 '황태자 음독 사건'에 힘을 주며 말하자 뚱보 주인장은 뭔가 수상하다는 표정을 지으며 입을 열었다.

"으음. 그러니까 설마……."

"그렇지. 그게 설마가 아니었던 게야."

고봉 진인은 길게 한숨을 내쉬며 말했다.

"강 장주는 말이지. 작년 여름, 황태자 음독 사건을 해결하면서 벌써 황제와 황후를 죽일 계획을 세우고 있었던 걸세. 우리 같은 사람들은 상상은 물론 절대 꿈도 꾸지 못할 계획이었던 게지."

"에이, 설마 그렇게까지……."

"아니네. 강 장주는 '어떤 방법으로 황제를 살해해야만 황태자에게 피해가 가지 않을 수 있을까?' 하는 문제를 고민했을 뿐이지, 황제를 죽이는 건 이미 그때 결론을 내린 것일세. 그랬기에 내 구기를 듣자마자 서둘러 달려와 내게 가르침을 청한 것이고."

고봉 진인의 말에 풍보 주인장은 더는 강만리를 변호하지 않았다. 고봉 진인의 말은 계속해서 이어졌다.

"무려 일 년이네. 내게 구기를 배운 후 일 년 동안 강 장주는 다른 소리는 흉내 내지 않고 오로지 황제의 목소리를 흉내 내는 것에 집중했네. 물론 상황에 따라서 달라지기는 하겠지만, 어쨌든 반드시 황제의 목소리가 필요할 때가 올 거라고 확신하고서 말일세."

"으음."

"나는 조정의 모든 고관대작이 모인 자리에서 강 장주가 황제의 죽음을 속인 채 황제의 목소리를 흉내 내어 유언을 남길 거라고는…… 바로 그 자리에 있었으면서도 전혀 예상하지 못했다네. 그리고 바로 그것이야말로 그 일 년 동안 오로지 황제의 목소리만 흉내 내기에 전념했던 진정한 이유였던 게지."

"흐음."

"그 놀라운 집념이, 그 등골이 오싹할 정도의 집념이, 그리고 무려 일 년 전부터 작금의 상황을 예상하고 계획을 차근차근 세워 나갔던 그 집요함이, 그리고 악랄해 보이기까지 할 정도로 철저하고 완벽한 계획이…… 나는 정말이지 무섭고 두렵네. 그렇다네. 나는 강 장주가 무섭고 두렵네."

그렇게 말한 고봉 진인은 온몸에 소름이 돋은 듯 저도 모르게 몸을 부르르 떨었다.

"뭐."

잠자코 듣기만 하던 뚱보 주인장이 머리를 긁적이며 입을 열었다.

"그 멧돼지 같은 외모와 다르게 날렵하고 빠르게 돌아가는 머리 회전을 보고 있자면 나도 가끔 놀라기는 한다오. 저런 친구를 적으로 둔 자라면 확실히 밤잠을 제대로 자지 못하겠구나, 하고 말이오. 행여 그에게 원한을 산 자는 그 집요하고 악랄하며 잔인한 복수(復讐)에 결국 처참한 말로(末路)를 맞게 될 것이라고 말이오. 하지만······."

뚱보 주인장은 어깨를 으쓱거리며 말을 이었다.

"같은 편일 때는 또 그보다 더 믿음직스럽고 든든하며 확실한 우군(友軍)이 또 어디 있겠소? 그 어떤 위기에서도 강만리라는 석 자 이름만 떠올려도 뭔가 해 줄 것만 같은 그런 믿음이 생기지 않소? 그러니 너무 무섭고 두려워하지 마시구려. 적어도 진인이 그와 같은 진영(陣營)에 속해 있기만 하더라도, 그 누구보다도 믿음직스러운 친구가 바로 강만리 그 작자이니까."

뚱보 주인장의 말이 끝나는 순간이었다.

"아니, 내 꿩국은요?"

설벽린이 이 층 계단을 타고 내려오며 소리치자, 뚱보 주인장은 눈살을 찌푸리며 가볍게 타박했다.

"원래 자리에 없는 사람은 먹을 게 없는 법이다."

"그럼 이제 자리로 왔으니 주세요."

설벽린은 환하게 웃으며 고봉 진인의 옆자리에 앉았다. 그리고 아무것도 모르는 얼굴로 고봉 진인의 굳은 표정을 바라보며 물었다.

"무슨 심각한 이야기를 나누셨기에 그리 얼굴이 딱딱하게 굳어 있습니까?"

고봉 진인이 피식 웃으며 말했다.

"자네 이야기를 하고 있었네. 그동안 자네가 피운 말썽에 내 속이 얼마나 썩어 들어갔는지 뚱보 주인장에게 하소연하던 참이었네."

"네? 제가 언제 고봉 진인의 속을 썩였다고요? 강 형님이라면 또 몰라도요."

"흠. 어쨌든 누군가의 속을 썩이기는 했군그래. 그런 의미에서 자네 꿩국은 없네."

뚱보 주인장은 퉁명하게 말하며 자리를 떴다.

"아니, 주인장! 주인장 나리! 그건 안 되죠!"

설벽린의 애달픈 목소리가 허름한 유랑객잔 내부에 울려 퍼졌다.

* * *

"이제 어떻게 하죠?"

화군악이 강만리에게 물었다.

강만리와 진재건은 황계 북경 지부주가 준비한 명마(名馬)를 타고 낙양으로 달려왔다.

하루에 천 리를 간다는 명성답게 그들을 태운 말들은 담우천과 장예추보다 하루 정도 늦게 낙양에 당도했다.

낙양에 당도하자마자 그들은 곧장 제룡사를 찾았고 마침 화군악 일행을 구하고 돌아오던 담우천, 장예추가 마주쳤다. 강만리가 장예추에게 '범인은 반드시 그 사건 현장으로 돌아온다.'라고 조언해 준 건 바로 그때의 일이었다.

담우천과 장예추는 다시 낙안호동으로 되돌아가서 반나절가량 몸을 숨긴 채 범인이 되돌아오기를 기다렸다.

강만리의 말은 사실이었다. 이십여 명가량 되는 복면인이 갑자기 모습을 드러내더니 소리 없이 골목을 장악하기 시작했다.

담우천과 장예추는 곧바로 몸을 움직여 경비하던 자들을 모두 해치우고 집 안의 복면인들까지 몰살시켰지만 그 와중에 놈들에게 얻은 건 아무것도 없었다.

결국 두 사람은 빈손으로 다시 제룡사로 돌아왔고, 공지배인 일당이 잠수했다는 사실을 전해 들은 화군악이 강만리를 향해 그렇게 물었던 것이었다.

역시 강만리의 대답은 단순명료했다.

"당연하지 않나?"

강만리는 사람들을 둘러보며 말했다.

"내 식구를 건드렸으니 당연히 복수해야지. 그게 공백인이건 종리군이건 황제건 말이야."

질문을 던진 화군악이나 담우천, 장예추는 강만리가 당연히 그렇게 말할 줄 알았다는 듯이 고개를 끄덕였다.

하지만 그들의 대화를 지켜보던 도파파와 왕군려는 눈을 휘둥그레 뜰 수밖에 없었다.

'세상에! 황제와도 싸우겠다는 건가, 자신들을 건드리면?'

그녀들의 놀람을 뒤로한 채 화군악이 계속해서 강만리에게 물었다.

"그럼 이미 수면 아래로 숨은 자들을 어떻게 찾아내죠? 놈들이 단단히 마음먹고 숨으면 쉽게 찾을 수 없을 것 같은데요."

"글쎄. 방법은 많지."

강만리는 별것 아니라는 투로 말했다.

"우리가 직접 찾아도 되고, 아니면 미끼를 던져 낚아

올려도 되고, 그것도 아니면 아예 놈들이 먼저 우리를 찾도록 만들어도 되고."

"그게 다 가능한가요?"

조금 떨어진 자리에서 듣고 있던 왕군려는 강만리의 말이 도저히 믿을 수 없었나 보다. 그녀가 불쑥 끼어들며 그렇게 물어본 걸 보면.

강만리는 왕군려를 돌아보며 빙긋 웃었다.

멧돼지같이 무식하고 무섭게 생긴 작자의 미소는 외려 사람을 더욱더 무섭고 두렵게 만들 수도 있었다.

왕군려의 등골을 타고 소름이 돋는 순간, 강만리는 부드러운 어조로 천천히 말했다.

"우리는 무림오적이오. 불가능한 게 어디 있겠소?"

2장.
주인(主人)

하지만 소홍이 기다리는 사람은 전혀 달랐다.
기도하듯 속으로 누군가 도와달라고 말하는 순간
그녀의 뇌리에 떠오르는 사람은 위천옥과 전혀 다르게 생긴,
순박하고 진실한 눈빛을 지닌 소년이었다.

주인(主人)

1. 세상에 존재하는 이유

 황제의 죽음은 붕(崩)이라고 했다. 황후나 왕, 대비, 황태자들의 죽음은 따로 훙(薨)이라고 해서 격을 달리했다.
 하지만 그건 어디까지 공식 석상에서의 일, 일반 사람들은 그저 붕어(崩御)라는 단어만 알고 있었다.
 황제와 황후의 붕어(崩御) 소식은 천하 각지에 내걸린 포고령(布告令)과 함께 대륙 전역에 알려졌다. 그리고 그로 인해 대륙에서 살아가는 모든 이들의 생활 방식이 한순간에 달라져야 했다.
 우선 모든 백성은 조의(弔意)를 표하는 마음으로 백의(白衣)를 입고 백건(白巾)을 이마에 둘러야 했다.

그건 백성이나 관리, 무림인 모두에게 적용되는 사항이었다. 언제나 푸른색 도복(道服)을 입고 다니던 무당파도 흰 도복으로 갈아입어야 했고, 황색 계열의 법의(法衣)를 입던 소림사 중들도 흰색 법복을 입어야만 했다.

또한 무림인의 경우 휴대한 병장기의 날은 반드시 헝겊으로 가려야만 했으며, 저잣거리나 주루에서 함부로 싸움을 벌였다가는 평소보다 열 배는 엄한 벌을 받아야 했다.

일반적으로 무림과 관(官)은 서로 간섭하지 않는다는게 평소의 불문율이었으나, 어디까지나 나라의 주인이자 하늘의 아들인 황제가 돌아가신 상황이었다.

이 나라에서 살아가는 이상 어쩔 수 없이 국법(國法)을 따라야만 했고, 그 국법을 따르지 않는 자는 그 누구를 막론하고 엄벌에 처해졌다.

또한 황제와 황후가 붕어하고 석 달 동안, 그러니까 팔월 중순까지는 그 어떤 잔치도 벌일 수가 없었다.

생일잔치는 물론이거니와 환갑(還甲)이나 대를 잇는 아들을 본 경우 역시 그 경사(敬事)의 기쁨을 잠시 뒤로 미뤄 두어야 했다. 심지어 공직(公職)의 경우 승진도 미뤄지고 임관(任官) 역시 대기 상태가 되었다.

혼인도 마찬가지였다. 그 석 달 동안은 혼인도 할 수 없었다. 아니, 가족끼리만 모여서 단출하게 하는 혼인이야 가능은 하겠지만, 사람들을 잔뜩 불러 모아 펼치는 혼인 잔치는 벌일 수가 없었다.

그 바람에 공교롭게 된 건 건곤가의 천예무와 금해가의 초일방이었다.

그들은 이미 대륙 전역에 붉은색 배첩(拜帖)을 발송하여 무림 고수들을 초빙한 차였다. 또한 이미 많은 무림인이 악양부로 몰려들어 이번 혼인을 축하하고 있던 참이었다.

대륙은 넓고, 무림 고수는 많았다. 그들을 모두 초대하여서 한자리에 모이게끔 하는 데에는 최소한 서너 달이 소요되었다. 그래서 건곤가와 금해가는 혼사 날짜 이전에 넉넉하게 날짜를 잡고 미리 배첩을 돌렸던 것이었다.

그 배첩을 일찍 받은 자들은 일찍 받은 대로 먼저 악양부로 와서 금해가에 머물며 향응(饗應)을 즐겼다.

마침 금해가는 무림오적 일당의 기습을 받아 무너지고 불탄 전각들을 새롭게 보수하고 증축하면서 그 장원의 규모를 훨씬 크게 넓힌 상태였다.

장원 외곽 지역으로 수천 명의 손님을 받을 수 있는 칠층 전각들을 새롭게 올렸고, 초대를 받은 무림 고수와 명숙들은 바로 그 전각들에서 먹고 자고 마시며 혼사 날짜가 오기만을 기다리고 있었다.

그런데 혼사 날짜가 겨우 닷새 앞에 이르렀을 때, 느닷없이 날벼락이 떨어진 것이었다. 황제의 붕어로 인해 대륙의 모든 혼사를 취소하거나 석 달 뒤로 미루어야만 하게 되었다.

아무리 무림을 좌지우지하는 건곤가와 금해가라고 할지언정 나라의 명령을 거부할 수는 없었다.

심지어 악양부의 책임자인 지부(知府) 포(包) 대인이 직접 초일방을 찾아와 설득까지 하고 갔으니, 도저히 혼사를 거행할 명분이 없었다.

초일방은 꽤 난감한 상황에 처하게 되었다.

안 그래도 두어 달 전부터 미리 찾아와 숙식하는 무림 고수들로 인해 상당한 경비가 소모되고 있던 참이었다. 그런데 다시 석 달을 더 기다려야 한다니.

기본적으로 무림인은 한량(閑良)과 그리 다를 바가 없었다. 딱히 직업이라고 할 게 없으니 남아도는 게 시간이었고, 이렇게 금해가와 같은 거대 명문대가(名門大家)의 초청을 받아서 무위도식(無爲徒食)으로 날을 보내는 데 매우 익숙한 자들이었다.

그러니 특별한 용무가 없는 한, 저 수천 명을 수용할 수 있는 칠 층 전각들을 가득 메운 고수들은 석 달은커녕 일 년도 그곳에 머물며 먹고 잘 수 있었다.

이른바 숙객(宿客)이라고 해서 초일방이 초빙했던 무림의 전대 고수들이 딱 그러했으니까.

문제는 그게 전부가 아니었다.

대륙의 모든 이에게 백의를 입고 백건을 두르라는 나라의 명이 내려진 만큼, 그 수천 무림 고수들 또한 백의를 입고 백건을 둘러야 했다.

 그리고 그건 어디까지나 그들을 이곳으로 초빙한 금해가가 책임져야 할 일이었다. 손님이 집 안에 머물고 있을 경우에는 그 모든 편의를 책임지는 것이 초빙한 주인의 도리였기 때문이었다.

 물론 금해가는 천하에서 세 손가락 안에 꼽히는 거대한 상가(商家)였으며, 그깟 은자 백만 냥 정도는 언제든지 지출할 수가 있었다.

 하지만 백만 냥이 아니라 천만 냥이 있다 하더라도 지금 당장 구입할 수 없는 게 백의였고, 백건이었다.

 믿어지지 않게도, 흰색 베옷은 나라의 포고령이 떨어지기 이전에 모두 품절 상태였다. 마치 누군가가 마치 그러한 포고령이 떨어질 줄 알았다는 듯이 악양부와 인근 성시의 모든 흰색 베옷을 사들였던 것이었다.

 놀란 초일방이 뒤늦게 부랴부랴 베옷을 수배했지만 이미 때는 늦어서, 그나마 남아 있던 베옷 한 벌당 은자 백 냥을 호가(呼價)했는데 그나마도 없어서 팔지 못하는 실정이었다.

 초일방은 곧 인근 옷가게나 염료 작업을 하는 가게, 그리고 삼베옷을 만드는 작업장을 모두 수배하여 최대한 빠르게 옷을 맞추려 했다. 그 와중에 들어간 비용은 무려 은자 삼백만 냥에 이르렀다.

하지만 어쩔 도리가 없었다.

악양부의 지부 포 대인까지 직접 찾아와서 협조를 구한 이상, 그보다 몇 배의 비용이 소모된다고 할지라도 반드시 포 대인의 협조에 부응해야만 했다.

한편 건곤가의 천예무 또한 상황이 좋지 않은 건 마찬가지였다.

우선 눈앞에 놓인 떡을 먹지도 못한 채 석 달이나 기다려야 한다는 게 그의 심기를 불편하게 만들고 있었다.

이곳 악양부 금해가를 찾아와 직접 본 초운혜는 그야말로 꽃보다 아름다웠다.

비록 팔불출(八不出)은 아니었지만 그래도 평소 세상에서 제 여식인 천소유보다 아름다운 여인은 없을 거라고 생각하던 천예무였다.

그러나 화려한 신부 화장을 한 채 다소곳이 앉아 있던 초운혜는 절대 천소유에게 떨어지지 않는 미모를 지니고 있었다.

그 보기도 좋고 먹기도 좋은 떡을 석 달이나 더 기다려야 한다니. 지금 당장이라도 황제의 붕(崩)이나 황후의 훙(薨) 따위 무시한 채 어흥! 하고 그녀를 덮치고 싶은 게 천예무의 솔직한 심정이었다.

그리고 천예무를 화나게 만든 건 또 있었다.

황제와 황후의 죽음과 함께, 그가 수십 년 동안 심혈을 기울여 쌓아 올렸던 황궁의 모든 인맥이 무너져 내렸다는 사실이었다.

그리고 바로 그 사건의 배후에 무림오적, 그리고 강만리가 있었다는 점이 더욱 그를 분노하게 했다. 그 분노는 심지어 지금 당장 초운혜를 덮치고 싶다는 생각마저 사라지게 만들었다.

그가 황제 대신 천하의 주인이 되고자 준비했던 두 개의 축(軸) 중 하나가 괴멸되고 만 것이었다.

천예무는 결국 차후 계획을 수정하고 정립하기 위해서 동료 넷을 악양부로 불렀다. 그까지 포함한 다섯 명, 바로 그들이 다음 천하의 주인이 되고자 하는 실질적인 주역들이었으니까.

물론 천예무는 그러한 동료들의 속내를 익히 알고 있었다. 동시에 그는 동료들을 제치고 자신이 천하의 주인이 될 거라고 전혀 의심하지 않았다.

그게 바로 천예무가 이 세상에 존재하는 이유였으니까.

* * *

"내가 세상에 존재하는 이유?"

소홍은 고개를 갸웃거리며 되물었다.

"그걸 내가 어떻게 알아? 내가 원해서 이 세상에 태어난 것도 아닌데."

"바보다, 너는."

위천옥이 콧잔등을 찌푸리며 웃었다.

반면 소홍은 자신과 비슷한 용모의, 눈이 번쩍 뜨일 정도로 잘생긴 얼굴의 소년을 바라보며 눈살을 찌푸렸다.

"바보는 너야. 도대체 정작 내가 원하지도 않는데 굳이 나와 혼인하겠다고 하다니. 내가 봉사가 되면 모를까, 절대 너와 혼인하지 않을 거라고."

"흐음. 그럼 봉사가 되면 나와 혼인할 거야?"

그렇게 묻는 위천옥의 눈빛이 너무나도 진지한 바람에 소홍은 저도 모르게 가슴이 철렁 내려앉았다.

만약 그렇다고 대답한다면 진짜로 자신의 눈을 찔러 봉사로 만들지도 모른다는 위험한 생각이 그녀의 뇌리를 스치고 지나갔던 까닭이었다.

"당연히 농담이지."

소홍은 이내 배시시 웃으며 고개를 흔들었다.

"게다가 내 몸에 상처를 준 사람과 어떻게 잠자리를 함께하겠어? 나는 점잖고 예의 바르고 착실하며 다정한 그런 남자와 함께 살 거라고."

"그래서 점잖게 행동하고 예의 바르게 처신하고, 또 다정하고 착실하게 굴잖아. 이 정도면 정말 훌륭하고 제대로 된 신랑감이지."

"됐거든. 나는 다짜고짜 내 팔을 붙잡고 '내 색시가 되어라. 그렇지 않으면 죽인다.'라고 말했던 사람과는 절대 혼인하지 않을 테니까."

"아, 그건 미안하다고 벌써 몇 번이나 말했잖아. 너를 처음 보자마자, 너를 다른 사내에게 빼앗기느니 차라리 죽이겠다는 생각이 들 정도로 너에게 푹 빠졌으니까. 뭐, 그 생각은 지금도 달라지지는 않았지만."

위천옥은 어깨를 끄덕이며 유쾌하게 웃었다. 소홍은 가만히 그의 얼굴을 쳐다보았다.

보면 볼수록 자신과 비슷한 얼굴이었지만 그 성격이나 속내, 행동은 전혀 달랐다. 무엇보다 위천옥은 무공 한 점 제대로 익힐 수 없는 소홍과는 달리, 능히 저런 말을 할 수 있을 정도의 무위를 지니고 있었다.

'언니는 물론 허 노야조차 이 녀석 앞에서 꼼짝하지 못했으니까.'

소홍은 허 노야가 평범한 고리대금업자가 아니라는 사실을 익히 잘 알고 있었다. 저 유령교의 봉공이자, 한때 귀마주유(鬼魔侏儒)라는 별호로 세상을 공포에 떨게 만든 전대 마두가 바로 허 노야였다.

그런 허 노야조차 위천옥이라는 이 애송이의 말 한마디

에 꼼짝하지 못한 채 고개를 조아렸다.

하지만 그랬던 허 노야가 유일하게 위천옥의 말에 반대하고 나선 건 바로 소홍과의 혼인 문제였다.

"소홍을 내 색시로 맞아들이겠다."

위천옥은 허 노야와 십삼매가 있는 자리에서 마치 공표(公表)하듯, 혹은 포고령을 내리듯 그렇게 선언했다.

십삼매의 안색이 새파랗게 질렸고, 허 노야의 안색은 새하얗게 변했다.

허 노야는 수염을 부들부들 떨면서 반대했고, 십삼매 또한 자리에서 벌떡 일어나며 안 된다고 소리쳤다.

위천옥은 고개를 갸웃거렸다.

"왜 그렇게 반대하지?"

하지만 허 노야와 십삼매는 위천옥과 소홍이 쌍둥이라는 사실을 말할 수가 없었다.

위천옥의 그 어디로 튈지 모르는 성격에 비춰 보면, 그가 어렸을 적 강제로 쌍둥이 동생과 헤어진 채 자라 왔다는 걸 알게 되었을 때 어떤 반응을 보일지 전혀 종잡을 수 없었기 때문이었다.

십삼매와 허 노야는 필사적으로 변명했다. 지금껏 그들이 이렇게까지 합심하여 누군가를 설득한 적이 없었다.

결국 위천옥은 그들의 설득에 수긍한 듯 고개를 끄덕이

며 말했다.

"좋아. 그러니까 혼인이라는 건 어느 한쪽의 의사에 따라 이뤄지는 게 아니라는 거지? 그렇다면 소홍이 찬성한다면 두 사람 모두 반대하지 않을 거지?"

"무, 물론입니다, 소야. 하지만 어디까지나 그건 자유로운 상태의 의사 표현이어야만 합니다."

"네. 힘을 사용하여 강제로 취하려거나 협박하거나 하는 건 외려 그녀의 반감만 살 뿐이에요."

"알았어, 알았다고. 그럼 이제 소홍을 설득하기만 하면 되겠네. 뭐 어렵겠어, 그게?"

그렇게 자신만만해했던 것이 벌써 두어 달 전의 일이었다.

하지만 위천옥은 아직까지 소홍의 마음을 얻지 못하고 있었다. 온갖 선물 공세에 알고 있는 미사여구를 다 동원하여 그녀를 설득하려 했지만 매번 오늘과 같은 식이었다.

"그나저나 내가 세상에 존재하는 이유가 뭐야?"

소홍은 콩국수 그릇을 내려놓으며 묻자, 위천옥이 어깨를 으쓱거리며 대꾸했다.

"바로 내 색시가 되기 위해서."

"헤에."

소홍은 한숨을 내쉬며 위천옥을 바라보았다. 어디에서

이런 수상쩍은 말을 배워 왔을까. 이런 식으로 여자에게 말한다면 홀릴 것이라고 누가 귀띔을 주었을까.

'제발 좀 누구라도 빨리 이 빌어먹을 상황에서 벗어나게 해 줬으면……'

소홍은 내심 중얼거렸다.

안 그래도 십삼매가 그녀에게 말한 적이 있었다. 조금만 기다리면 혈천노군과 유령신마를 비롯한 할아버지들이 와서 도와줄 거라고.

하지만 소홍이 기다리는 사람은 전혀 달랐다. 기도하듯 속으로 누군가 도와 달라고 말하는 순간 그녀의 뇌리에 떠오르는 사람은 위천옥과 전혀 다르게 생긴, 순박하고 진실한 눈빛을 지닌 소년이었다.

'제발 좀 담호야……'

2. 주인답게

담호는 저도 모르게 뒤로 주춤주춤 물러섰다.

벽이 등에 와닿았다. 더는 물러설 곳이 없게 되었다. 그녀의 따스한 콧김이, 달콤한 입술이 바로 담호의 코앞까지 다가왔다.

"왜, 왜 이러는 겁니까?"

담호는 붉게 물든 얼굴을 돌리며 물었다.

왕군려는 말없이 손을 뻗어 그의 얼굴을 다시 돌려놓으며 시선을 맞췄다. 그러고는 조금 더 얼굴을 가까이 들이댔다.

서로의 콧등이 스칠 정도로 가까워졌을 때, 갑자기 그녀가 쾌활하게 웃었다.

"하하하. 이 정도 일로 당황하면 도대체 이 험한 강호를 어떻게 버티고 살아갈 건데?"

유쾌한 웃음소리와 함께 이내 그녀의 얼굴이 멀어졌다. 담호는 그제야 안도의 한숨을 내쉬었다.

하지만 한편으로는 뭔가 아쉬운 기분도 없지 않았다. 저 작고 귀엽고 탐스러우며 선홍빛으로 반짝이는 입술이 유난히 담호의 시야에 들어왔다.

그래서였을까.

담호는 퉁명한 어조로 말했다.

"도대체 왜 이런 식으로 놀리는지 모르겠습니다. 내가 무슨 잘못을 했다고요?"

"잘못은 무슨. 단지 교훈을 주려는 것뿐이야."

왕군려는 어깨를 으쓱거리며 말했다.

"강호를 돌아다니면서 가장 주의해야 할 것 중의 하나가 바로 미인계(美人計)거든. 그러니까 너처럼 여자 경험이 없는 숫총각에게 이 누님이 한 수 가르쳐 주려는 거지."

그때였다.

"하하하."

불당 안쪽에서 유쾌한 웃음소리가 들려오나 싶더니 이내 한 명의 사내가 밖으로 걸어 나왔다. 화군악이었다.

그는 싱글거리며 왕군려에게 말했다.

"아쉽게 되었는걸. 그 녀석, 숫총각이 아니거든. 벌써 여러 계집을 농락하고 사랑에 빠뜨렸지. 아주 죄 많은 친구라고."

"에에."

느닷없는 화군악의 등장에 살짝 당황해하던 왕군려는 이내 피식 웃으며 말했다.

"그런 거짓말을 누가 믿겠어요? 딱 보면 알아요. 여자 손 한 번 잡아 본 적이 없는 아이라는 걸."

"허어, 진짜 내 말을 믿지 않는구나. 어디 한번 그 녀석에게 물어보렴. 내 말이 거짓인지 사실인지."

왕군려는 화군악을 바라보다가 담호에게로 시선을 돌렸다. 왠지 그녀의 표정이 묘하게 바뀌는가 싶더니 살짝 떨리기까지 하는 목소리로 담호에게 물었다.

"정말 화 대협의 말씀이 사실이야? 숫총각이 아니야?"

담호는 애써 당황함을 감추며 가슴을 내밀었다.

"물론이죠. 이 나이에 숫총각인 사내가 어디 있겠어요? 당연히 경험했죠."

일순 왕군려의 얼굴이 무너져 내렸다. 하지만 그녀는 이내 고개를 휘휘 저으며 정신을 차린 다음 재차 물었다.
 "그럼 여러 여자를 사랑에 빠뜨렸다는 것도 사실이야?"
 일순 담호의 뇌리에 떠오르는 여인들이 있었다.
 오누이처럼 지내 왔던 소홍, 매번 치고받고 다투기만 한 것 같던 초목아. 물론 그녀들과 친한 건 사실이지만 그렇다고 해서 과연 그녀들을 사랑에 빠뜨렸다고 할 수 있을까.
 "그건 잘 모르겠어요."
 담호는 문득 진지한 표정을 지으며 말했다.
 "나는 그녀들과 제법 친하다고 생각하고, 또 그녀들도 나와 있으면 즐겁고 행복해 보이기는 하는데, 그렇다고 그걸 두고 사랑에 빠뜨렸다고 할 수는 없으니까요. 단지 내가 동생 같아서, 혹은 친구 같아서 그렇게 다정하게 대해 주는 것인지도 모르니까요."
 왕군려의 입술이 절로 삐죽였다.
 '이거, 이거 알고 보니 순 바람둥이 아냐? 생긴 건 순진하고 착하게 생겨 가지고. 쳇! 무림오적의 담우천 아들이라고 해서, 게다가 그런대로 생긴 것도 괜찮아서 한번 제대로 키워서 내 것으로 만들어 볼까 했더니 영 아니네. 괜한 헛물만 켠 것 같아.'

왕군려가 속으로 투덜거릴 때, 화군악은 그런 그녀의 속내를 읽기라도 한 듯 빙긋 웃으며 입을 열었다.

"가만 보니 진짜 왕군려와 가짜 왕군려가 어찌 이리 똑 닮았는지 모르겠네."

왕군려 가 눈살을 찌푸렸다.

"그 못된 계집하고 어떻게 날 비교할 수 있어요?"

"흐음. 두 사람 모두 직접 보고 겪었기에 비교할 수 있는 거지. 뭐, 공 지배인의 하수인이라는 것과 황계 낙양지부의 순찰당주라는 걸 빼고 본다면 두 사람 모두 하는 행동과 성격, 말투가 똑같아. 그래서 처음 널 봤을 때 그 왕군려 가 되살아난 게 아닌가 싶었거든."

"흥! 헛소리는 그만하세요. 아무리 무림오적이라고 해서 이렇게 사람을 함부로 모욕하고 그럴 수는 없다고요. 됐어요. 내가 안 보면 되니까."

왕군려는 단단히 화가 난 듯 바람 소리 세차게 몸을 돌리며 경내(境內)를 떠났다.

"하하하하."

그 뒷모습을 보며 껄껄 웃는 화군악의 웃음소리가 경내 밖으로까지 퍼져 나갔다.

"너무하신 거 아닐까요?"

담호가 조심스레 물었다.

"아무리 그래도 같은 편이고, 또 지금 우리에게 숙식을 제공해 주고 있는데요."

"숙식을 제공해 주는 건 저 영악한 계집이 아니라 도파파인 게고."

화군악은 여전히 웃음기 담긴 목소리로 말했다.

"같은 편이라고 해서 다 같은 편은 또 아니거든. 외려 적보다도 멀리해야 할 같은 편도 있는 법이란다."

담호가 고개를 갸웃거리며 물었다.

"그럼 저 왕 소저가 적보다도 멀리해야 할 같은 편이라는 뜻인가요?"

"흠. 아마도?"

"왜 그렇게 생각하시는데요? 저는 그녀가 그저 어디에서나 쉽게 볼 수 있는 왈가닥 정도인 것 같은데."

"하하. 그건 아직 네가 여자를 제대로 볼 줄 몰라서 그런 거다."

화군악은 담호의 어깨를 두드리며 말했다.

"저 아이는 마치 나와 같거든. 짓궂은 장난을 좋아하고, 타인은 아랑곳하지 않은 채 제멋대로 하는 걸 즐기고, 무엇보다 자신의 흥미나 이익을 위해서는 물불을 가리지 않는다는 점에서 나와 정말 비슷하다니까. 어떻게 그걸 아냐고? 원래 같은 부류는 서로를 알아보거든."

화군악의 말에 담호의 눈이 휘둥그레졌다.

'그렇다면 화 숙부도 멀리해야 할 사람인가요?'

라는 질문이 목구멍까지 밀려 나왔지만 담호는 고개를 저으며 황급히 다른 말을 꺼냈다.

"확실히 그런 부류의 여자라면 상대하기 힘들겠네요. 괜히 사귀었다가는 큰 낭패를 볼 수도 있겠고요."

"그렇지. 바로 그래서 내가 막아 준 게다. 네가 그녀의 거미줄에 꽁꽁 묶이기 전에 말이지."

화군악은 빙긋 웃더니 어깨를 으쓱거리며 화제를 돌렸다.

"자, 들어가자. 강 형님이 대충 계획을 세웠다고 다들 모이라는구나."

담호의 얼굴이 환해졌다.

지금 화군악이 한 말은 담호 또한 이제 한 사람의 어엿한 동료로 인정하고 있다는 의미를 담고 있었다.

'다들 모이는 자리에 나까지 포함되다니.'

담호는 고개를 끄덕이며 말했다.

"네, 그럼 얼른 들어가죠."

* * *

불당 안에는 강만리를 위시하여 담우천과 장예추, 만해거사와 진재건, 그리고 도파파가 모여 있었다. 그들은 마침 불당 안으로 들어서는 화군악과 담호를 돌아보며 자리를 권했다.

담호는 비록 말석(末席)이기는 하지만 이 자리에 참석할 수 있게 되었다는 것만으로도 가슴이 두근거리는 걸 애써 참으며 자리에 앉았다.

"다 왔구나."

강만리는 담호가 자리에 앉는 걸 보면서 말했다. 화군악이 말을 받았다.

"형님의 제자인 자양은 안 왔는데요?"

강만리가 눈살을 찌푸리며 대꾸했다.

"자양 몸 상태는 나보다 네가 더 잘 알면서 그건 또 무슨 헛소리냐?"

가짜 도파파와 왕군려가 설계한 좁은 통로의 함정에 빠지는 바람에 발작을 일으켰던 소자양은 아직도 객방(客房)에 홀로 누운 채 몸을 추스르는 중이었다.

그런 사실을 뻔히 알면서도 저리 말하는 걸 보면서 담호는 화군악의 성격이 확실히 왕군려와 비슷하다고 생각했다.

"그럼 이제 수면 아래로 숨은 놈들을 어떻게 끌어낼지 이야기하겠습니다."

강만리는 헛기침을 하며 본론을 꺼냈다. 사람들은 가만히 그의 계획을 경청했다. 화군악조차도 진지한 얼굴로 강만리의 계획에 귀를 기울였다.

이윽고 강만리의 말이 끝났다. 동시에 서너 사람이 앞다퉈 입을 열었다.

"그것으로 될까요?"

이건 화군악의 질문이었다.

"하지만 자칫 잘못하다가 적의 본진(本陣)과 맞서게 될 위험도 없지 않습니다."

이건 장예추의 걱정이었다.

"만약 그 계획이 성공한다고 할지라도 우리 낙양 지부가 다시 이 낙양의 주인이 될 수 있다는 보장은 없지 않소?"

이건 도파파의 불안한 마음이었다.

강만리는 그들을 일일이 돌아보며 대꾸했다.

"그것으로 충분하다. 부족한 부분이 있거나 미진한 구석이 있다고 생각한다면 네가 다시 계획을 세우거나 아니면 보충해 보도록 해라. 그리고 적의 본진과 맞서게 될 위험이라니, 아니 나는 오히려 그걸 기회라고 생각하고 있다. 만약 종리군이 직접 나선다면, 이참에 우리 넷, 아니 다섯이서 놈을 죽이고 놈의 계획을 무너뜨릴 작정이다."

그렇게 일사천리(一瀉千里)로 화군악과 장예추의 질문에 대답한 강만리는 잠시 숨을 돌렸다가 도파파를 향해 천천히 입을 열었다.

"낙양의 주인이 언제부터 낙양 지부였습니까?"

일순 도파파가 움찔거렸다. 강만리는 계속해서 말했다.
"설령 황계 낙양 지부가 낙양의 주인이라고 칩시다. 하지만 자신은 아무런 힘도 보태지 않은 채 그저 누군가의 도움만으로 낙양의 주인이 된다면, 그게 온전한 주인이라고 생각하십니까? 제대로 된 주인이라고 당당하게 말씀하실 수 있는 겁니까?"
강만리의 날카로운 질문에 도파파는 꿀 먹은 벙어리가 되고 말았다.
"주인이 되고 싶다면 그리 행동하시면 됩니다. 우리는 그저 숟가락 하나 정도 얹어 줄 수밖에 없습니다. 어쨌거나 낙양의 주인은 우리가 아니라 낙양 지부이니까 말입니다."
강만리의 말에 도파파는 입술을 질끈 깨물었다. 그러고는 고개를 끄덕이며 말했다.
"알겠소. 주인답게, 낙양의 주인답게 생각하고 또 행동하리다."
"그러셔야죠."
강만리는 희미하게 웃고는 사람들을 둘러보며 물었다.
"그럼 또 다른 질문은?"
아무도 없었다.

3. 오향(烏香)을 구하는 사람들

"낙양에 있는 오룡상가의 수는 여기 적힌 대로 모두 열셋, 그리고 게서 일하는 종업원 수는 총 이백이십오 명이오."

황계 낙양 지부의 총책임자답게 도파파는 강만리의 질문에 전혀 망설이지 않고 대답했다.

강만리는 고개를 끄덕이며 입을 열었다.

"이백이십오 명이 전부가 아니오. 거기에 경비 무사, 호위 무사, 그리고 종리군의 직속 수하들까지 치면 최소한 삼백 명은 족히 넘을 것이오. 그 삼백 명이 넘는 무리가 한 사람처럼 움직일 수 있다고 생각하오?"

강만리의 질문에 화군악을 비롯한 사람들은 모두 고개를 주억였다.

일리가 있는 말이었다. 직속 수하들이나 무사들이야 종리군과 공백인에 대한 충성심이 차고 넘칠 수 있지만, 그게 하급 점원들까지 그러라는 법은 없었다.

황계도 마찬가지였지만 일반적으로 조직도(組織圖)의 가장 아래에 해당하는 자들은 대부분 한 번 쓰고 버리는 용도에 가까운 자들이었다.

실례(實例)를 보더라도 오룡상가에게 포섭당한 황계 낙양 지부의 하급 정보원들의 수가 상당하지 않았던가.

강만리는 강한 어조로 자문자답하며 말을 이어 나갔다.

"절대 그럴 수 없소. 최소한 백 명 중에 한 사람, 삼백 명 중에 세 사람 정도는 공 늙은이의 명령과 지시를 어기고 자신의 이익을 위해 움직일 것이오. 그리고 우리는 그자를 노리면 되오."

도파파보다 화군악이 먼저 입을 열었다.

"문제는 그자를 어떻게 찾아내느냐 하는 게 아닙니까?"

"그렇지. 그러니까 우선 이곳부터 시작해야겠지."

강만리는 도파파가 건네주었던 문서의 한 귀퉁이를 짚으며 말했다.

"세상에는 돈 앞에 욕심부리지 않는 자가 그리 많지 않으니까 말이야."

사람들의 시선이 일제히 강만리의 손가락으로 쏠렸다.

* * *

기이하고 이상한 일이었다.

요 몇 년 동안 낙양 상권을 좌지우지하던 이른바 오룡상가(烏龍商家)에 속한 가게들이 한날한시에 똑같이 문을 닫고 잠적한 것이었다.

가게마다 '개인 사정으로 한동안 문을 닫습니다'라는 공지가 붙은 게 전부였다. 무슨 사정인지, 언제 다시 여는지, 그리고 다들 어디로 갔는지 아무도 알 수 없었다.

낙양 상권이 요동치는 건 당연한 일이었다.

오룡객잔, 오룡다관, 오룡포단, 오룡행가 등 낙양에서 영업을 하고 있던 오룡상가의 가게는 대략 십여 곳이 넘었다. 그 업장마다 물품을 대 주는 상인들이 있을 것이고 당연히 깔린 외상도 있을 터였다.

그런데 그 십여 곳이 넘는 가게들이 하루아침에 문을 닫자, 외상으로 물건을 대 주던 상인들은 그야말로 마른 하늘에 날벼락을 맞은 꼴이 되고 말았다.

적게는 은자 만 냥에서 많게는 수십만 냥까지 외상으로 물건을 대 주던 상인들은 오룡상가의 잠적으로 인해 그만 거리에 나앉게 생겼다. 동시에 그 상인들과 거래하던 가게나 농사꾼, 혹은 상가들 역시 큰 손해를 입게 될 상황에 처하게 된 것이었다.

그들은 눈에 불을 켜고 오룡상가 사람들을 찾아다녔다. 하지만 하늘로 솟구쳤는지 땅으로 꺼졌는지 그 수백 명이 넘는 오룡행가 사람들의 행적은 그야말로 오리무중(五里霧中), 도저히 찾을 길이 없었다.

반대로 오룡행가(烏龍行家) 같은 도박장이나 오룡연자과(烏龍燕子窠)와 같은 아편 소굴의 단골손님들은 깔린 외상을 갚지 않게 되었다며 희희낙락하기도 했다.

또 한편으로는 '이제 어느 도박장을 찾아가야 하나?'

하며 한숨을 쉬는 노름꾼[博徒]도, '어떻게 아편을 피워야 하나?' 하고 고민하는 이들도 적지 않았다.

하지만 그중에서도 가장 문제가 된 건 역시 오룡포단(烏龍布段)이었다.

포단(布段)은 곧 옷이나 옷감을 파는 가게를 뜻했다. 그리고 오룡포단은 낙양에 있는 수십 개의 포단 중에서 유일하게 면포(綿布)와 마포(麻布), 즉 삼베와 삼베로 만든 옷을 파는 곳이었다.

어떻게 알고 한 것인지는 모르겠지만, 오룡포단은 황제의 붕어가 있기 전에 낙양 일대의 모든 면포와 삼베를 대량 구매했다.

그리하여 모든 백성이 백의(白衣)를 입으라는 포고령이 떨어진 이후 오룡포단은 그야말로 문전성시를 이뤘다.

당연히 오룡포단 측에서는 평소보다 다섯 배에서 열 배까지 폭리를 취했지만 어쩔 도리가 없었다. 다른 포단은 이미 모든 면포와 베옷이 동난 후였기 때문이었다.

그런데 그 오룡포단이 문을 닫고 잠적한 것이었다. 미처 옷을 구하지 못한 자들은 발을 동동 구르며 어찌할 바를 몰라 했다.

백의를 입지 않으면 밖으로 나갈 수가 없었다. 베옷을 입고 백건을 두른 포졸들이 육각 몽둥이를 들고 돌아다니며 베옷을 입지 않은 자들을 잡아 아문으로 압송하는 상황이었으니, 베옷이 없으면 집 밖을 돌아다닐 수가 없게 된 것이었다.

문제는 게서 끝난 게 아니었다.

오룡상가의 가게들이 일제히 문을 닫은 지 사흘째 되던 날이었다.

그날 밤 느닷없이 낙양 곳곳에서 커다란 불길이 솟구쳤다. 잠자던 사람들이 놀라 뛰쳐나오고 관아에서 불을 끄는 금화군(禁火軍)이 달려와 불길을 잡았다.

또한 의용금화대(義勇禁火隊)와 비슷한 성격의 민간 소방대라 할 수 있는 수화회(水火會) 사람들도 황급히 옷과 도구를 챙겨 와 불길을 잡는 데 동참했다.

우연이었을까. 그날 아침 화재를 진압하고 확인해 보니 불이 난 십여 곳 모두 이미 사람들이 잠적하고 문을 굳게 걸어 잠갔던 오룡상가의 가게들이었다.

사람들은 이 기이하고 이상한 일에 다들 고개를 갸웃거리며 수군덕거렸지만 낙양 땅에서 도대체 무슨 일들이 벌어지고 있는지 아는 사람은 단 한 명도 없었다.

그렇게 낙양 일대가 흉흉해진 어느 날이었다.

왕구(王九)는 초췌한 얼굴로 뒷골목의 주루를 찾았다. 평소 그가 즐겨 찾는, 제대로 된 현판이나 편액도 걸려 있지 않은 허름하고 협소한 술집이었다.

서너 평도 안 되는 좁은 공간에 두 개의 탁자가 놓여

있었는데, 두 탁자 모두 이미 왕구와 비슷한 얼굴의, 의기소침한 표정을 지은 사내들이 모여서 술을 마시고 있었다.

사내들은 왕구가 들어서는 걸 보고는 눈빛을 반짝이며 쳐다보았다.

하지만 곧 왕구의 얼굴을 본 그들은 이내 길게 한숨을 내쉬며 고개를 설레설레 저었다. 일말의 기대가 실망으로 바뀐 것이었다.

"다들 오늘도 소득이 없었나 보구먼."

왕구 또한 사내들의 얼굴을 훑어보고는 한숨을 내쉬었다. 그러자 사내들이 피곤함에 절은 목소리로 말했다.

"아니, 도대체 그게 어디 쉽게 구할 수 있는 물건이냐? 벌써 사흘 내내 낙양 거리를 샅샅이 뒤졌지만 오룡연자과에서 취급하던 그런 상등품(上等品)은 어디에서도 구할 수가 없더라고."

"그러니까 말이지. 물론 다른 몇몇 연자과(燕子窠)에서 구해다 주인 나리께 바쳐 봤지만 불호령만 들었다니까. 이 딴 싸구려 오향(烏香)을 내가 피울 수 있느냐면서 말이지."

사내들은 이구동성(異口同聲)으로 앓는 소리를 내뱉었다.

오향(烏香)은 곧 아편(阿片)의 다른 말이었다.

아편은 앵속(罌粟)의 열매로 만들어 낸 반고체 형태의

물질로, 한나라 때 이 나라로 전래된 아주 오랜 역사를 지니고 있었다.

저 전설의 화타(華陀)가 발명한 마비산(麻痺散)의 기본 재료가 대마(大麻)와 아편(阿片)이었으니, 처음 아편이 들어올 때만 하더라도 약용(藥用)으로 사용되었다.

아편은 시대에 따라서 그 이름도 변했는데 당나라 시절에는 아부용(阿芙蓉)이라 했고, 북송 시절에는 앵속속(罌粟粟)이라고 불렸으며, 지금 이 시대에는 오향(烏香)이라는 명칭으로 통했다.

오향, 즉 아편은 워낙 귀하고 값비싼 물건이라 아무나 구해서 사용할 수가 없었다. 적어도 그 성시에서 이름깨나 알리고 돈깨나 있다는 호족, 명문가 사람들만이 구할 수 있는 물건이었다.

물론 일반 백성들도 아편을 피우기는 했다. 아편 반 푼이나 반의반 푼에다가 연초 구 푼 이상을 섞어서 만든 아주 조악하고 형편없는 아편이었지만, 그것만으로도 일반 백성들은 아주 행복하고 황홀하게 아편을 태울 수 있었다.

아편을 팔고 또 피울 수 있게 만든 장소를 연자과(燕子窠)라고 했다. 원래 연자과는 제비 둥지라는 뜻인데, 제비 연(燕)과 연기 연(煙)의 발음이 비슷한 걸 이용하여 아편굴을 그렇게 불렀다.

지금 이 주루에 모여 앉아 안주도 없이 술만 마시고 있는 십여 명의 사내는 바로 이 낙양 땅에서 내로라하는 유명 인사들의 하인이었다.

그리고 그 유명 인사들로부터 어떡하든 오룡연자과에서 취급하는 아편을 가지고 오라는 엄명을 좇아서 요 며칠 내내 낙양을 뒤지고 다니는 중이었다.

하지만 쉬지 않고 발품을 팔아도 구할 수 없는 건 구할 수 없는 법이었다. 낙양에서 오직 한 군데, 아편의 상등품을 취급하던 오룡연자과가 사라진 이상 이 사내들의 주인 나리가 원하는 물건은 어디에서도 구할 수가 없었다.

"젠장. 여기 화주나 한 병 주오."

왕구는 투덜거리며 사내들을 밀치고 자리에 앉았다. 사내들은 엉기적거리며 그의 자리를 마련해 주었다.

그중 한 명이 혹시나 하는 듯한 표정으로 왕구를 바라보며 물었다.

"그래도 자네가 왕(王) 화가(火家) 그 녀석과는 막역한 사이가 아니었던가? 혹시 뭔가 연락을 받은 게 없나?"

상점이나 가게에서 일하는 점원들을 가리켜 화가(火家)라고 했다. 왕 화가는 오룡연자과에서 일하는 점원 중 한 명으로, 왕구와 상당한 친분을 유지하고 있었다.

그런 질문을 받은 왕구의 눈살이 절로 찌푸려졌다.

"나도 그런 사이인 줄 알았네. 성씨도 같고, 고향도 같아서 진짜 친형제처럼 생각했으니까. 그런데 내게 말 한

마디도 하지 않은 채 사라져? 그게 말이나 되는 일인가, 응? 믿는 도끼에 발등 찍힌다는 게 무슨 뜻인지 이제야 알겠다니까."

늙은 주인장이 마침 화주 한 병과 사발 하나를 가지고 왔고, 왕구는 거칠게 술을 따르더니 벌컥벌컥 들이켰다.

사내들이 한숨을 쉬며 위로하듯 말했다.

"뭔가 속사정이 있겠지. 그렇지 않고서야 그토록 친하게 지내던 자네에게조차 아무런 말도 없이 사라지지 않았을 걸세. 분명 뭔가 이유가 있을 것이네."

"이유가 있기는 하겠지. 그렇지 않고서야 이렇게 감쪽같이 사라질 리가 없으니까."

"그러니까 말일세. 참 이상한 일이기는 하네. 천하의 오룡연과자가 장사가 안 되어서 야반도주한 것도 아닐 테고, 그것도 오룡상가의 가게들 모두가 한날한시에 문을 닫고 종적을 감추다니……. 도대체 무슨 일인지 알다가도 모르겠단 말이야."

"엊그제 화재와 연관이 있지 않을까 싶네. 아무래도 무림인들과 문제가 생긴 것 같네."

"무림인?"

"흠, 나도 그렇게 생각하네. 안 그래도 오룡상가의 가게들, 특히 오룡객잔에 험상궂게 생긴 무림인들이 자주 들르는 것 같았으니까."

"흐음. 객잔에 무림인들이 자주 들르는 건 당연한 일이 잖은가? 한낮에 아무 대로(大路)에 나가 보게. 발에 치이는 게 무림인들일세."

"그건 조 형 말이 맞네. 겨우 객잔 출입이 잦았다는 걸 가지고서 무림인들과 분쟁이 일어났다고 하면 다들 자네를 비웃을 걸세."

"아니, 내가 또 그렇게 비웃음을 당할 정도로 헛소리를 한 건 아니잖은가?"

"어허. 뭘 또 잘했다고 눈을 부라리고 큰소리를 치는 건가? 당장 이 친구들에게 물어보게. 자네가 비웃음을 당할 말을 했는지 안 했는지."

안 그래도 구하지 못한 아편 때문에 다들 짜증 나고 속상하던 상황이었다. 몇 마디 대화는 곧 거친 언사로 바뀌었고, 주루 안은 이내 주먹 다툼까지 벌어질 분위기로 변했다.

"됐네. 나는 이만 일어서겠네. 싸우려면 자네들끼리 싸우게나."

왕구가 벌떡 자리에서 일어나며 말했다.

"예서 싸울 힘과 시간이 있으면 그동안 한 번 더 발품을 파는 게 훨씬 더 유용할 걸세. 다들 주인 나리의 문책이 두렵다면 말이지."

왕구의 말에 소란은 금세 가라앉았다.

주인(主人) 〈73〉

각자 모시고 있는 주인 나리들의 도끼눈과 악을 쓰는 소리가 보이고 들리는 것 같았는지 사내들은 어깨를 축 늘어뜨린 채 아무 말도 하지 못했다.

왕구는 늙은 주인장에게 은자 몇 푼을 건넨 후 주루를 빠져나왔다. 그 역시 혹시나 하는 마음으로 들른 주루였지만 역시나 아무런 소득도 얻지 못하고 돌아 나와야 했다.

어느새 날은 어두워졌고 오가는 이들도 끊어진 거리는 그의 마음처럼 한산하기만 했다.

왕구는 터벅터벅 발길을 옮겼다.

울적했다. 하마터면 눈물이 날 뻔도 했다. 길을 걷고는 있었지만 마땅히 갈 곳이 없었다. 장원으로 돌아가 봐야 주인 나리의 불호령만 있을 게 뻔했으니까.

차라리 오룡상가 사람들처럼 이대로 잠적하는 게 속 편하겠다고 생각하면서 왕구가 막 어둠에 가려져 있던 골목길을 지나칠 때였다.

"여깁니다, 형님."

골목 안쪽에서 누군가가 조심스럽게 그를 부르는 목소리가 들려왔다.

3장.
미행(尾行)

다들 느긋하고 여유 있게 행동하도록.
하나의 끈을 잡았다고 해서 바로 그 끈을 잡아당기면 중간에서 끊어질 테니까.
그 끈이 어디로 이어지는지 느긋한 마음으로 기다리면서 지켜봐야 한다.
특히 너, 군악 말이다.

미행(尾行)

1. 왕구(王九)

"오룡연자과?"
화군악은 강만리가 가리킨 가게의 이름을 읽으며 고개를 갸웃거렸다.
"왜 하필이면 그곳입니까?"
강만리는 당연하다는 듯이 말했다.
"제일 돈이 되니까."
화군악은 여전히 이해가 되지 않는다는 표정을 지으며 재차 물었다.
"지금 돈이라면 포단이 아닙니까? 삼베와 면포가 없어서 못 파는 실정인데요."

"물론 포단도 돈은 되지. 하지만 삼베나 면포는 그 부피가 커서 쉽게 옮기지 못한다는 단점이 있다. 포단에서 일하는 점원 중 누군가가 공백인의 지시를 어기고 삼베나 면포를 빼돌리기에는 너무나도 위험하지 않겠느냐?"

"확실히 그렇겠군요. 면포나 삼베와는 달리 오향은 품에 넣을 수도, 곤의(褌衣)나 당고(襠袴) 안에 숨길 수도 있으니까요."

"그렇지."

강만리는 고개를 끄덕이며 말을 이었다.

"그리고 오향의 구매자가 누구더냐? 낙양에서 이름난 명문가, 호족, 갑부들일 터. 이미 오향에 중독되어 있다면 어떡하든지 반드시 오향을 구매하려 할 것이다."

강만리는 힐끗 도파파를 바라보며 계속해서 말했다.

"그리고 여기 도파파의 말을 빌자면 오룡연자과에서 파는 오향은 낙양 최고의 품질이라고 하니, 다른 연자과의 물건들은 그 높고 귀하신 분들의 성에 차지 않을 것이다."

애당초 통증을 잊게 만드는 약으로 출발한 아편은 성욕을 일으키고, 쾌감을 높이는 미약(媚藥)으로 사용되면서 많은 고관대작들이 찾기 시작했다.

처첩(妻妾)과의 정사(情事)를 즐기는 것뿐만 아니라, 마음에 드는 여인에게 먹여 음욕(淫慾)을 끌어내는 방도로도 사용할 수 있었다.

즉, 아편은 근육을 이완시키고 원기 회복에 도움을 주며 성욕을 높여 주는, 이른바 만병통치약과 다를 바가 없었다.

거기에다가 아편이 일반 백성에게 동경의 대상이 되면서 상류층 인사들은 아편을 피운다는 자체가 자신의 격(格)을 높여 주고 체면을 세우는 일이라고 여겼다.

그리하여 상류층 사람들은 저마다 최고 품질의 아편을 구해서 모임 때 내놓기도 했으니, 이 시대에 와서는 누가 가장 좋은 품질의 아편을 구할 수 있느냐 하는 것이 그들의 권력과 실세를 가름하는 일이 되기도 하였다.

하지만 아편은 그런 장점만 있는 게 아니었다. 한 번 중독되면 절대 끊을 수가 없는 게 아편이었다.

모든 사고가 정지된 채 온종일 오로지 아편을 피우는 일에만 몰두하게 되었다. 당연히 식음도 폐하면서 결국에는 중병이 든 환자처럼 앙상한 몰골로 변했다.

힘없이 드러누운 채 퀭한 두 눈을 끔뻑거리면서 아편을 피우는 모습은 일반 서민들이 찾는 아편굴에서 흔히 볼 수 있는 광경이었다.

강만리는 잠시 생각을 정리한 다음 다시 입을 열었다.

"우선 오룡연자과의 고급 손님들이 누구누구인지 확인하고, 그들의 심부름꾼이나 하인들을 중점적으로 감시하

자. 분명 오향을 구하기 위해 이리 뛰고 저리 뛰는 자들이 있을 테니까. 그리고 이참에 큰돈을 거머쥐기 위해서 공백인을 속이고 오향을 빼돌리는 녀석들도 있을 테니까."

* * *

"여깁니다, 형님."

왕구는 자신을 부르는 소리에 깜짝 놀라며 고개를 돌렸다. 골목 구석진 곳에서 누군가 그를 향해 손짓하고 있었다.

왕구는 크게 기뻐하며 서둘러 그에게로 달려갔다.

"아니, 왕 화가! 도대체……."

"쉿."

왕 화가라고 불린 자는 황급히 손가락을 입에 가져가며 주의하라고 경고했다.

왕구는 얼른 입을 다물고 주변을 둘러보았다. 어두운 골목 안쪽으로는 아무도 없었다. 골목 바깥 역시 오가는 행인 한 명 없었다.

왕구는 안도의 한숨을 내쉬며 왕 화가를 노려보았다.

"아무도 없는데 뭘 그리 조심스러워하나?"

"그래도 그게 아닙니다. 목소리 좀 낮추세요."

왕 화가는 잔뜩 겁을 먹은 듯 안색이 새하얗게 질린 채 연신 주변을 두리번거리며 소곤거렸다.

왕구는 그의 행동이 수상쩍게 느껴졌지만, 저도 모르게 왕 화가처럼 주변을 두리번거리며 소곤거렸다.

"도대체 어찌 된 영문이냐? 왜 갑자기 문을 닫고 잠적한 거야? 아니, 그런 건 나중에 이야기하기로 하고 오향은 구할 수 있나? 제발 좀 구할 수 있다고 말해 주게."

왕 화가는 그제야 비로소 의기양양한 표정을 지으며 입을 열었다.

"형님, 제가 누구입니까? 형님을 친형님처럼 모시던 왕동(王東) 아니겠습니까, 왕동."

"그래. 나도 널 친동생처럼 여겼다. 그래서 아무런 말도 없이 사라진 네게 정말 큰 배신감을 느꼈지."

"그건 비밀이라서 말씀드릴 수는 없고요. 어쨌든 형님이 간절하게 찾으실 것 같아서 이렇게 오향을 딱 가지고 나오지 않았겠습니까, 형님."

왕동은 어깨를 으쓱거리며 바지춤에 두 손을 넣었다. 그러고는 잠방이 안에 끈으로 매달아 두었던 금낭(錦囊)을 풀어서 왕구 앞에 내밀었다.

왕구는 저도 모르게 침을 꿀꺽 삼키며 물었다.

"이게 몇 근(斤)이나 되느냐?"

"두 근 꽉꽉 눌러 채웠습니다요, 형님."

"잘했다. 두 근이라면 주인 나리께서도 크게 기뻐하실 거다. 한동안 오향을 구해 오라는 잔소리는 듣지 않아도 될 것 같구나. 다 네 덕분이다."

"별말씀을요. 제가 형님을 챙기지 않으면 또 누가 챙기 겠습니까? 절대 밖으로 나돌지 말라고 한 엄명조차 거스 른 채 지금 이렇게 오향을 빼돌린 것도 다 형님을 위한 일이 아니겠습니까?"

'웃기고 있네. 돈 때문이라는 거 다 안다.'

왕구는 속으로 투덜거렸지만 겉으로는 왕동의 비위를 맞추려는 듯 연거푸 고개를 끄덕이며 말했다.

"그래. 정말 고맙다. 내 이 은혜는 잊지 않고 나중에 꼭 갚아 주마."

왕구는 그렇게 말하며 손을 내밀었다.

하지만 왕동은 좀처럼 쉽게 금낭을 건네주지 않고 머뭇 거렸다.

"그런데 형님. 제가 이 오향을 빼돌리느라 꽤 많은 돈 을 썼거든요. 우선 동료들의 입막음 조로, 그리고 경비 무사들에게도 술값 조로 돈을 쥐여 주고 겨우 빠져나올 수 있었으니까요."

"그럼 알지. 그 정도는 충분히 예상하고 있었고, 또 그 래서 나도 넉넉하게 쳐주려고 하던 참이었다. 그래, 평소 가격의 세 배면 어떻겠느냐?"

왕구의 말에 왕동은 눈을 가늘게 뜨며 고개를 저었다. 왕구는 초조한 목소리로 다시 물었다.

"그럼 다섯 배?"

이번에도 왕동은 고개를 저었다. 왕구가 답답하다는 듯이 짜증을 부렸다.

"그럼 도대체 얼마를 원하느냐? 사내답게 속 시원하게 이야기해 봐라."

왕동은 주변 눈치를 살피다가 낮은 목소리로 말했다.

"열 배는 주셔야겠습니다, 형님."

"열 배?"

왕구의 눈이 휘둥그레졌다. 왕동은 언제 사근사근했냐는 듯이 안색을 싹 거둬들이며 말했다.

"제 목숨값입니다, 형님. 제가 밖에 나갔다는 사실이 자칫 윗분에게 들키기라도 한다면 바로 목이 잘릴 겁니다, 형님. 그런 위험 부담을 안고서 형님을 만나러 왔으니 솔직히 열 배도 형님을 생각해서 적게 부른 겁니다."

"허어."

왕구는 한숨을 쉬며 재빨리 머리를 굴렸다.

'한 근에 백 냥 하던 걸 천 냥을 받는다? 두 근이라면 이천 냥이라…… 흐음. 차라리 주인 나리께는 한 근에 이천 냥이라고 속이고, 나머지 한 근은 다른 녀석들에게 열 배 이상 가격을 받고 파는 것도 나쁘지 않겠다. 그러면

나 또한 천 냥 이상의 돈을 만지게 되는 것이니 말이다.'

왕구는 그 와중에서 수중에 돈을 불릴 생각을 떠올리고는 애써 미소를 감추며 고개를 끄덕였다.

"좋아. 그렇게 하지."

왕구는 곧 품에서 전표 다발을 꺼내 들었다. 그의 주인 나리께서 오향을 구하는 데 사용하라고 준 전표였다.

-얼마가 들더라도 괜찮다. 돈이 문제가 아니니 어떻게든지 오향을 구해 오너라.

주인 나리는 왕구에게 백 냥짜리 전표 다발을 주면서 그렇게 신신당부했다.

왕구는 전표 스무 장을 헤아려 왕동에게 건넸다. 왕동은 그제야 두 근의 오향을 꽉꽉 눌러 담은 금낭을 왕구에게 건네주었다.

왕구는 금낭을 살짝 열고 냄새를 맡았다. 오룡연자과를 출입하는 주인 나리를 따라다니면서 맡았던 바로 그 냄새였다.

왕구는 다시 금낭을 꽁꽁 싸매며 말했다.

"그런데 이 두 근을 모두 사용하게 되면 그때는 또 네 도움이 필요할 텐데."

왕동은 전표 장수를 헤아린 다음 다시 바지춤을 들썩이

며 안쪽 주머니에 넣은 후 연신 주위를 경계하며 입을 열었다.

"그럼 한 달 후 이 시각, 이 장소에서 만나기로 하는 건 어떻겠습니까?"

'한 근으로 한 달을 버티기는 무리일 거야.'

왕구는 빠르게 머리를 굴리며 대꾸했다.

"보름 후로 하자. 그때는 최소한 네 근 이상 가져오고."

"으음. 네 근이라면 제법 부피가 커서 과연 될지 모르겠습니다만 어쨌든 그렇게 해 보도록 하겠습니다. 그럼 저도 얼른 돌아가야 하니 이만 들어가십시오, 형님."

왕동이 빠르게 말했다.

"아니……."

왕구는 좀 더 그를 붙잡고 도대체 어찌 된 영문인지 이야기를 듣고 싶었다.

하지만 왕동은 그럴 틈을 주지 않고 고개를 꾸벅 숙이더니 이내 골목 안쪽으로 빠르게 걸음을 옮겼다. 얼마나 재빠르게 움직이는지 아차, 하는 순간 이미 왕동의 모습은 어둠 저편으로 사라졌다.

"밖으로 돌아다니는 것조차 목숨이 걸린 일이라고 했는데 그게 거짓말이 아니었나?"

왕구는 고개를 갸웃거리며 돌아섰다. 어쨌든 그토록 구하려고 발품을 팔던 오향이 제 손에 들어온 것이었다. 그것도 은자 천 냥 이상의 이익과 함께.
 골목길을 빠져나와 대로를 따라 걷는 왕구의 발걸음이 가벼운 건 너무나도 당연한 일이었다.

 2. 왕동(王東)

 강만리는 말했다.
 "그리고 도파파께서는 오룡상가의 빈 가게들 모두 불을 질러 주시오."
 난데없는 말이었다.
 도파파를 비롯한 사람들은 하나같이 의아한 표정을 지었다. 이번에도 도파파보다 먼저 화군악이 물었다.
 "불은 왜 지른답니까?"
 강만리가 한숨을 쉬었다.
 "정말이지 궁금한 건 도저히 참지 못하나 보구나. 조금 생각해 본 다음 질문하는 습관을 들이는 건 어떻겠느냐?"
 화군악이 웃으며 말했다.
 "아무래도 강호오괴와 다니다 보니 이런 습관이 생긴 것 같습니다."
 "그건 아니라고 본다. 어렸을 적부터 너는 늘 생각보다 말이 먼저였다."

 그렇게 화군악을 타박하는 강만리였으나 또 그의 궁금함에 대해 순순히 대답해 주었다.

 "굳이 불을 지르는 이유는 두 가지가 있다."

 강만리는 손가락을 꼽아 가면서 말했다.

 "하나는 종리군의 자산(資産)을 최대한 없애서 조금이라도 더 그에게 타격을 주기 위함이다. 만약 오룡상가의 가게와 점포들을 그대로 놔두면 결국 언제고 종리군이 다시 돌아와 그것들을 기반으로 해서 다시 낙양의 상권을 쥐락펴락하게 될 것이다. 최소한 그 시기만은 늦추고 싶기 때문에 불을 지르는 것이다."

 "그럼 두 번째 이유는요?"

 "놈의 하수인들에게 뒤를 쫓고 있다는 불안감을 조성하게 하기 위함이다."

 "불안감이요?"

 "그래. 자신들의 가게가 한순간 동시에 불타오른다면 일반 점원이었던 자들은 매우 놀라고 당황할 것이다. 안 그래도 갑작스러운 폐점(閉店)으로 적잖이 불안해하고 있을 그들이니까."

 강만리는 공백인이 일개 점원들에게까지 지금 벌어지고 있는 상황에 대해서 일목요연하게 설명할 리 없다고 단언했다.

사실 어느 조직이나 마찬가지이겠지만 중요한 사안은 어디까지나 우두머리와 그 주변 인물들만 공유하는 게 현실이었으니까.

　그런 까닭에 오룡상가의 하부 계층에 있는 자들은 지금 한없이 뒤숭숭해 있을 터였다.

　"그런 와중에 자신들의 가게마저 모두 불에 타서 잿더미로 변한다면 자신들의 미래를 걱정하는 자들이 분명 있을 것이다. 이대로 숨어 지내는 것보다 차라리 한몫 챙겨서 도주하는 게 낫겠다고 생각하는 자들도 나올 테고, 혹은 오룡상가와 싸우고 있는 상대에게 비밀을 팔아 목숨을 부지하고자 하는 이들도 있을 것이다."

　거기까지 말한 강만리는 차 한 모금으로 잠시 숨을 돌린 다음 재차 입을 열었다.

　"뭐, 누가 되었든 간에 딱 한 명만 낚아 올리면 되는 일이다. 그래서 불을 지르고자 하는 것이고."

*　*　*

　왕동은 연신 뒤를 경계하면서 어두운 밤 골목을 이리저리 걸어갔다. 왕구와 헤어진 지 대략 반 시진 정도 지났을 때, 그는 그제야 큰길로 나와 빠르게 걸음을 옮겼다.

　때는 벌써 자정에 가까운 시각이었다. 큰길을 오가는

사람은 한 명도 보이지 않는 가운데, 왕동은 부지런히 발걸음을 옮겨 이윽고 어느 한 거대한 장원 앞에 이르렀다.

그 고래 등 같은 장원은 낙양에서 가장 역사가 깊고 유명한 호족(豪族)인 종(鐘) 대인의 장원이었다.

말을 타고 지나가다가도 장원 앞에 이르면 말에서 내려 걸어간다고 할 정도로 뭇사람들의 존경을 받는 인물이 바로 종 대인이었으며, 낙양의 지부 대인이 누구인지 알지 못해도 종 대인은 다 안다고 할 정도로 유명한 인물이기도 했다.

왕동은 장원의 정문을 지키던 수문 위사들에게 다가가 전표 두 장을 건네며 고개를 꾸벅 숙였다. 힐끗 전표 가격을 본 수문 위사들의 입이 함지박만 해졌다.

"아직 자네를 찾는 사람은 없었네. 얼른 들어가 보게."

수문 위사들은 묻지도 않은 일까지 이야기해 주면서 쪽문을 열어 왕동을 장원 안으로 들여보내 주었다.

왕동은 잔뜩 어깨를 움츠린 채 어두운 곳만 밟아 걸으며 행랑채로 향했다.

행랑채는 대문을 중심으로 주택의 경계선에 세워진 방들을 뜻했는데, 주로 하인들이 기거하는 방이나 마구간, 광 등의 용도로 사용되었다.

왕동이 수십 칸의 행랑채 중에서 가장 오른쪽의 방으로 들어서자, 불이 꺼져 있던 방 안에서 기다렸다는 듯이 사람들의 목소리가 들려왔다.

"어찌 되었나?"

"거래는 된 거야?"

"만났습니까, 그 왕구라는 사람을요?"

왕동은 그제야 겨우 긴장을 풀고 안도의 한숨을 길게 내쉬며 물었다.

"누가 날 찾지는 않고?"

사람들이 어둠 속에서 대답했다.

"다행히 아무도 찾지 않더군. 조장(組長)도 자네가 밖으로 나간 걸 전혀 모르고 있네."

"정말 천만다행이네. 아아, 진짜 간이 콩알만 해져서 죽는 줄 알았다고."

"쯧쯧. 그렇게 간이 작으면서 어떻게 또 그런 대담한 계획을 세운 거람?"

"아니, 그보다 거래는 잘된 거냐고?"

사람들이 초조하게 묻자 왕동은 싱글거리며 대꾸했다.

"잘되었네. 무려 시가의 일곱 배나 높이 불렀는데도 아무런 흥정도 없이 재깍 사 가더군. 이럴 줄 알았으면 열 배는 불렀어야 하는 건데 말이지."

"아서게. 괜히 헛된 욕심을 부리다가 외려 우리가 당할 수도 있네. 일곱 배면 적당하네."

"대문을 지키고 있던 위사들에게 은자 이백 냥을 쥐여

줬으니 남은 전표는 이게 전부일세. 사람 수대로 공평하게 나누세."

왕동은 그렇게 말하며 미리 꼬불쳐 둔 전표 몇 장을 제외한 전표들을 꺼냈다. 같은 패거리로 보이는 사람들 중 한 명이 말했다.

"아니지. 자네가 가장 고생했으니까 자네 몫이 커야지."

왕동은 고개를 저었다.

"그게 무슨 소리인가? 오향을 빼돌린 건 자네이고, 내 뒤를 봐준 건 오 형이지 않나? 그리고 수문 위사들과 흥정한 건 네 녀석이고. 그러니 공평하게, 다 똑같은 액수로 나눠야 하는 게 마땅하네."

왕동은 그렇게 말하며 전표를 나눴다.

두 근의 오향을 평소 시가의 일곱 배로 받아 왔으니 모두 천사백 냥이었다. 거기에 이백 냥을 수문 위사 몫으로 주었으니 남은 건 천이백 냥, 넷이서 삼백 냥씩 나눠 가지면 딱 맞아떨어지는 금액이었다.

물론 왕동이 안주머니에 따로 육백 냥이라는 거액의 전표를 숨긴 걸 제외하면 말이다.

전표를 받아 든 사람들은 창가 틈으로 흘러드는 달빛에 전표를 대고 그 액수를 확인하며 희희낙락했다.

"그래. 다음에는 또 언제 만나기로 했나? 그리고 얼마나 부탁하던가?"

동료의 질문에 왕동은 사실대로 대답했다.

"보름 후 네 근 이상 가져오라고 하더군."

"흐음. 이상하네? 두 근이나 사 갔으면서 보름 후에 다시 만나자고 하다니. 두 근이면 하루 내내 피워도 한 달은 족히 태울 양이 아닌가?"

"뭐, 모르지. 그걸로 또 다른 이들에게 장사하려고 하는 건지도."

"하기야 그것까지 우리가 신경 쓸 필요는 없지. 어쨌든 오향을 손에 넣고, 또 밖으로 빼돌리는 일에만 집중하면 되니까 말일세."

"그나저나 정말 난리가 났더군. 다른 가게들은 물론 우리 오룡연자과도 아예 잿더미가 되었다고 하니까. 만약 여전히 우리가 그곳에서 일하고 있었더라면 영문도 모른 채 불에 타 죽을 뻔했다니까."

"그러니까 말일세. 도대체 어떤 개자식이 감히 우리 오룡상가를 건드리는 건지."

"어떤 개자식이 건드리는 것치고는 우리 오룡상가의 대처가 너무 나약한 것 같지 않나요? 애당초 문을 닫고 이렇게 숨은 이유가 바로 그 어떤 개자식 때문이라면요."

"흐음. 자세히는 모르겠지만 오늘 밖에 나가서 언뜻 듣기로는 역시 무림인들의 소행이라는 것 같더군."

"무림인들?"

"그래. 공 지배인과 시비가 붙은 무림인이 지인들을 모두 데리고 왔다는 거야. 그중에는 무림십왕에 버금가는 절대 고수까지 있어서, 공 지배인이 어쩔 수 없이 문을 닫고 도망친 거라지 뭔가?"

"허어. 그런 일이."

"무림십왕과 버금가는 절대 고수라면 확실히 공 지배인이 꼬리를 말 수밖에 없겠네. 쳇, 정말 이러다가 우리까지 위험한 거 아냐?"

"내 말이. 애당초 내가 오향을 빼돌려 팔자고 했던 이유가 바로 그거네. 왜 우리가 공 지배인 때문에 이렇게 숨어지내고, 또 목숨까지 위협받아야 하느냐는 거지. 그러니 최대한 당길 수 있을 때 돈을 당겨 놓고, 기회를 봐서 이곳을 빠져나가 공 지배인이 찾을 수 없는 먼 곳에서 새로 시작하면 되는 것일세."

왕동은 어깨를 으쓱거리며 말했다.

"그러기 위해서는 최소한 각자 은자 이천 냥 이상의 자금이 필요하겠지."

"이천에 넷이면 팔천 냥이군. 오향 열두 근이면 충분히 해결할 수 있는 금액이네."

"그 액수가 모일 때까지는 다들 주의하고, 조심해야만 하네. 특히 오향을 관리하는 자네, 행여나 조장에게 들키지 않도록 하게."

"나는 걱정하지 말게. 게다가 조장은 다른 조장들과 함께 내일부터 잠시 이곳을 떠나 공 지배인이 있는 곳으로 간다고 했으니까."

"음? 며칠 동안?"

"글쎄. 아무리 길어 봤자 이틀 정도밖에 되지 않겠지."

"아, 그 소식을 조금 더 일찍 들었더라면 왕구 그 자식에게 내일 당장 만나자고 이야기했을 텐데. 정말 아쉬운걸."

왕동은 입맛을 쩝쩝 다시며 물었다.

"그나저나 조장은 왜 또 공 지배인을 만나러 간대?"

"그야 나야 모르지. 윗대가리들이 언제 우리에게 속 시원하게 이야기해 준 적이 있어야지."

"하기야 모든 게 비밀, 비밀이니 뭐 우리가 적에게 붙잡혀도 이야기할 거리가 하나도 없기는 하니까."

"자자, 밤이 늦었네. 내일 또 새벽같이 일어나서 허드렛일을 하려면 얼른 자 둬야지."

"그래야겠네."

왕동의 대답을 끝으로 대화는 더 이상 들려오지 않았다.

창이 나 있는 벽에 찰싹 달라붙은 채 그들의 대화를 훔쳐 듣던 복면인은 방 안에서 코를 고는 소리가 들려오자 자리를 떴다.

복면인은 왕구가 술집을 나올 때부터 주변 건물의 지붕을 밟으며 그를 미행했다.

 골목길에서 대화를 나누던 왕구와 왕동이 연신 주변을 두리번거리며 경계했지만, 정작 지붕 위에 우뚝 선 채 그들의 대화를 엿듣던 복면인의 기척은 전혀 눈치채지 못하였다.

 복면인은 왕구와 왕동이 헤어지자 곧장 사람을 바꿔 왕동의 뒤를 밟았다.

 복면인인 왕동이 수문 위사들과 대화를 나누는 틈을 이용하여 소리 없이 담장을 넘은 후, 다시 왕동이 행랑채의 방에 들어갈 때까지 기다렸다가 창가 벽에 찰싹 달라붙어서 방 안의 대화를 엿들었다.

 '그러니까 공백인의 거처는 이곳이 아니란 말이지?'

 복면인은 한 번의 가벼운 도약으로 건물 지붕 위로 뛰어오르며 생각했다.

 나름대로 주도면밀한 계획이었지만 그래도 결국 강만리의 손바닥 안에서 벗어나지 못했다.

 ─하수인들과 같은 공간에 머물고 있지는 않을 것이다. 공백인을 비롯하여 주요 인물들은 필시 그들만의 안가(安家)에 있을 것이다.

강만리는 그렇게 말했다.

무려 삼백 명이 넘는 무리였다. 그들이 한꺼번에 몸을 숨길 안가라는 건 절대 존재할 수가 없었다.

황계도 그러하지만 일반적으로 안가라고 하면 소수의 중요 인물이 몸을 숨기고 살아갈 수 있는 최소한의 공간을 뜻했다.

또한 언제든지 도주할 수 있는 비밀 공간이 마련되어 있는 곳이 안가였다.

오룡상가의 수백 명 인원 중 반드시 살아남아야 할 사람은 불과 열 명도 채 되지 않았다. 나머지는 그 열 명을 지키기 위한 방패에 불과했다.

공백인 정도 되는 자가 수하들이나 하급 점원들의 목숨을 제 목숨처럼 아낄 리가 없었으니까.

강만리는 그 점을 정확하게 파악했다.

―다들 느긋하고 여유 있게 행동하도록. 하나의 끈을 잡았다고 해서 바로 그 끈을 잡아당기면 중간에서 끊어질 테니까. 그 끈이 어디로 이어지는지 느긋한 마음으로 기다리면서 지켜봐야 한다. 특히 너, 군악 말이다.

지붕에 달라붙듯 드러누운 복면인은 그날 밤 강만리의 목소리를 떠올리면서 피식 웃었다.

달빛은 교교하고 바람은 시원했다. 이대로 느긋하게 기다리다 보면 새벽이 되지 않아 한 무리의 사람들이 아무도 모르게 장원을 빠져나갈 것이다.

왕동과 동료들이 말했던 그 조장과 다른 조장들의 무리. 그들의 행보가 시작될 때까지는 복면인도 한숨 돌릴 수가 있었다.

복면인은 생각보다 급하고 흥분을 잘하는 다혈질의 성격이 아니었다. 마음만 먹는다면 이 자리에서 열흘 동안 꼼짝하지 않고 기다릴 수 있는 인내심도 그에게는 있었다.

하기야 복면인에게 그런 인내심이 없었더라면 며칠 전 종리군을 만났을 때 이미 목숨을 잃었을지도 몰랐다.

복면인은 얼굴 위로 쏟아지는 달빛과 별빛을 잠시 감상하다가 천천히 눈을 감았다.

3. 실수

오룡객잔의 지배인인 공백인은 가장 기본적이고 기초적인 방법으로 가게를 운영했다. 열 명당 한 명의 조장을 두고, 다시 두 명의 대주(隊主)가 그들을 관리하게 만들었다.

이곳 낙양에 존재하는 오룡상가 중 가장 큰 상회는 역시 오룡연자과였다.

오향을 수급하는 자들, 관리하는 자들, 손님을 접대하는 자들, 그리고 손님을 관리하는 이들까지 해서 대략 서른 명에 가까운 이들이 오룡연자과에서 일하고 있었다.

그들을 관리하는 조장은 모두 세 명으로, 그중 우(禹) 조장은 오향의 수급과 관리를 책임지고 있었다.

오룡연자과를 폐쇄하고 이곳 종 대인의 장원으로 들어온 후로 우 조장은 단 하루도 인상을 찌푸리지 않는 날이 없었다.

그의 심기가 불편한 건 너무나도 당연한 일이었다. 오향은 그 취급 방법이 매우 까다로웠으며, 보관 또한 아무 곳에나 둘 수 없기 때문이었다.

그 온도나 습도를 정확하게 맞춰 줘야만 비로소 극상품의 품질을 유지할 수 있는 게 바로 오향이었다.

오룡연자과 이외의 아편굴에서 취급하는 오향의 품질이 떨어지는 건, 기본적으로 품질 자체가 문제이기도 했지만 무엇보다 그 취급과 보관 방법이 잘못되었기 때문이었다.

그런 까닭에 우 조장은 하루에도 열 번 이상 오향이 가득 쌓여 있는 창고를 들락날락하면서 온도와 습도를 유지하고자 전전긍긍했다.

공 지배인의 부름이 있던 이날도 마찬가지였다.

한밤중이라고 하기에는 조금 늦고 새벽이라고 하기에는 조금 이른 시각.

우 조장은 잠자리에 누운 지 두 시진도 채 안 되어 벌떡 자리에서 일어났다. 그리고 그렇게 눈을 뜨자마자 우 조장은 빠르게 세수하고 옷을 갈아입은 다음 부리나케 창고로 달려갔다.

확실히 새벽에 가까워지면서 창고 안의 기온이 살짝 내려가 있었다.

우 조장은 다시 주방으로 달려가 아궁이에서 숯덩이를 가지고 돌아왔다. 그리고 숯덩이를 창고 곳곳에 조심스레 뿌려서 창고 온도를 높인 후, 그제야 우 조장은 안도의 한숨을 내쉬었다.

숯이 완전히 식을 때면 해는 이미 밝았을 것이고, 창고의 온도는 적정 수준을 유지할 수 있었다. 그러니 해가 지기 전까지만 다시 돌아온다면 계속해서 이 상등품의 품질을 유지할 수 있을 것이다.

우 조장은 그런 생각을 하면서 창고를 나왔다. 아직 날이 밝으려면 이른 시각이었지만 벌써 앞마당에는 조장들의 모습이 하나둘씩 보이기 시작했다. 그 수가 이십여 명에 이르자 굳게 닫혀 있던 쪽문이 열렸다.

조장들은 곧 열(列)과 오(伍)를 맞춰 집결 장소로 달려가기 시작했다.

조장들은 나름대로 무공을 익힌 듯 어둠을 뚫고 한적한 거리를 달려가는 속도가 일반 사람의 배는 되는 듯했다. 그들은 누구 하나 입을 열지 않은 채 오로지 약속된 장소를 향하여 열심히 달려 나갔다.

한참을 달려서 음습한 어둠이 내려앉은 십자로(十字路)에 당도한 그들은 주변을 둘러보며 사람의 기척이 없는 걸 확인한 후 곧장 네 갈래 우측 길로 방향을 틀었다.

불 꺼진 이 층 객잔 앞에서 걸음을 멈춘 그들은 굳게 닫힌 문을 조심스럽게 두드렸다.

그들이 문을 두드리는 소리도 독특했다.

똑똑똑, 그리고 다시 똑똑.

그렇게 세 번과 두 번으로 나눠서 문을 두드리자, 잠시 후 안쪽에서 누군가 긴장한 목소리로 말을 걸어왔다.

"호랑이와 용이 싸운다면 누구 편을 들겠소?"

그러자 이십여 명의 조장 중 선두에 있던 자가 나지막하게 대꾸했다.

"다섯 마리 용 중에서 으뜸은 오룡이오."

그야말로 느닷없는 질문에 또 엉뚱한 대답이었지만 그게 미리 약속된 신호인 모양이었다. 말없이 문이 열리고 이십여 명의 조장들은 주위를 살피며 우르르 안으로 들어섰다.

다시 객잔의 문이 닫혔다. 여전히 객잔은 불이 꺼져 있어서, 밖에서 보자면 이미 영업을 끝낸 지 오래된 모습 그대로였다.

 그렇게 문이 닫히고 나서 불과 열을 채 헤아리기도 전에 이 층 객잔의 지붕 위로 한 명의 복면인이 표표히 내려섰다. 종 대인의 장원에서 예까지 조장들의 뒤를 쫓아온 바로 그 복면인이었다.

 그는 내력을 끌어올려 객잔 안 상황을 확인하려다가 무슨 생각이 들었는지 지붕에서 훌쩍 뛰어내렸다.

 그러고는 이 층 창틀에 발가락만 댄 채 우뚝 서는가 싶더니 그대로 몸을 회전하여 박쥐처럼 발가락 끝으로 균형을 잡은 채 창틀에 거꾸로 매달렸다.

 그렇게 거꾸로 매달린 복면인은 손가락 하나를 꼿꼿하게 세우고는 벽을 향해 찔러 갔다. 통나무를 잘라서 만든 벽이었으나 복면인의 손가락에 의해 마치 물컹한 두부처럼 구멍이 뚫렸다.

 복면인은 그 구멍에 눈을 가까이 대고 안을 살펴보았다. 일 층 대청은 여전히 어두웠지만, 복면인은 그 어둠을 뚫고 대청의 모든 것을 대낮처럼 뚜렷하게 지켜볼 수 있었다.

 대청에는 이십여 명의 사람들이 숨소리 하나 내지 않고 모여 있었다. 복면인이 구멍을 뚫은 위치가 제법 높아서 그들의 머리통만 확인할 수 있었는데, 상황을 지켜보는 데에는 아무런 문제가 없었다.

잠시 후 한 사람이 주방 쪽에서 걸어 나왔다. 복면인은 눈을 가늘게 뜨며 그의 얼굴을 확인하려 했지만 아무래도 구멍의 위치가 너무 높았다.

걸어 나온 사내가 천천히 입을 열었다.

"이렇게 갑작스레 여러 조장들을 집합시킨 건 크게 두 가지 이유 때문이다."

아무리 많이 잡아도 사십 대 중반 정도의 음성이었다.

복면인은 살짝 실망한 표정을 지었다.

'공백인이 아니군.'

하기야 이렇게 간단하게 제 모습을 드러낼 공백인은 아니었다. 어쨌든 공백인은 한 시대를 버티고 지금까지 살아온 전대 거마였으니까.

무위만으로 살아남을 수 있는 시대가 아니었다. 타고난 교활함과 치밀한 조심성이 없다면 제아무리 강한 무위를 지닌 고수라 할지라도 목숨을 잃고 마는 시대였다. 그 시대를 버티고 살아남은 자가 바로 공백인이었다.

사내의 말은 계속 이어졌다.

"하나는 이틀 전 있었던 화재 때문이었다. 본 상가의 모든 상회가 한순간에 소실되었다는 소식은 이미 다들 들어 알고 있을 것이다."

조장들의 호흡이 살짝 거칠어졌다. 사내는 계속해서 말을 이어 갔다.

"그로 인해 하급 직원들이 불안해하거나 혹은 심정에 적잖은 변화가 있을 것이다. 자칫 상가의 물건을 팔아서 돈을 챙기려 하는 자들이 생기거나 혹은 심지어 탈주까지 감행하려는 자들도 있을 수 있다. 무슨 일이 있더라도 여러분은 반드시 그걸 막아야 한다."

상가의 물건을 빼돌려 시중에 푼다면 그 물건의 출처에 대해서 의문을 품는 자가 반드시 생긴다.

그들은 의문을 풀기 위해서 빼돌린 물건의 출처를 확인하고자 할 것이고, 그렇게 되면 결국 종 대인의 장원에 숨어 있는 오룡상가의 존재까지 알아낼 터였다.

"그리되기 전에 조장들은 설득과 협박을 통해서 하급 점원들이 불순한 마음을 품지 못하도록 해야 한다. 어떤 감언이설이라도, 또 어떤 협박이라도 상관없다. 점원들이 애당초 장원 밖으로 나갈 생각조차 하지 못하도록 만들면 된다."

사내는 게서 잠시 말을 끊었다가 천천히 이어 나갔다.

"두 번째로 하고자 하는 말은 간단하면서도 단순한 이야기다. 만약 변고가 발생하게 된다면 하급 점원을 모두 죽이고, 종 대인의 장원을 불살라서 모든 증거를 없애도록 하라는 것, 그리고 조장들은 어떻게든 살아남아서 악양의 그곳, 공 대인이 계시는 그곳으로 도망치라는 것이다."

사내의 말에 좌중의 분위기는 급속도로 가라앉았다. 동시에 팽팽한 긴장의 끈이 이십여 조장들을 에워쌌다.

객잔 밖에서 구멍으로 안의 광경을 염탐하고 있던 복면인의 눈빛이 살짝 빛났다.

'공백인이 벌써 악양으로 도망친 것일까? 악양의 그곳이라면 어디를 두고 이르는 말일까?'

복면인의 머릿속이 바쁘게 돌아가는 가운데, 사내는 여전히 침착하고 냉정한 목소리로 말하고 있었다.

"하급 점원은 어디에서든지, 또 언제든지 새로 구할 수 있다. 하지만 조장은 다르다. 조장을 잃는다는 건 그동안 상가가 쌓아 왔던 기술과 경험을 모두 잃는다는 것과 마찬가지이다. 즉, 조장이야말로 우리 상가를 지탱하는 디딤돌이자 진정한 가족이다."

사내의 말에 한껏 팽팽해졌던 긴장감이 사르르 녹아내렸다. 대신 상가 측에서 자신들의 노고를 인정해 주는 것에 대한 감격과 모든 걸 바쳐서 충성하겠다는 듯한 열정의 기운이 그 자리를 대신했다.

"이야기는 이것으로 끝낸다. 다들 조심해서, 주의해서 돌아가도록 하라. 누군가 뒤를 따르거나 염탐하는 이가 있는지 꼭 확인하도록."

사내는 사람들을 둘러보며 말을 맺었다. 조장들은 말없이 고개만 숙였다. 사내는 다시 주방 쪽으로 걸음을 옮겼고, 조장들은 자리에서 일어났다.

 객잔 문이 열리고 한 사람씩 주위를 살피며 밖으로 나섰다. 몇몇 이들은 객잔 벽은 물론 뒤쪽까지 확인하는 치밀함을 보여 주기도 했다.

 이윽고 주변에 아무런 기척이 없음을 확인한 그들은 이내 인적 없는 거리를 따라 내달리기 시작했다. 그들의 목적지는 당연히 종 대인의 장원이었다.

 어느새 지붕 위로 올라간 복면인도 그 사실을 잘 알고 있었다. 그러니 당연히 그가 쫓아야 할 대상도 바뀌었다. 주방으로 사라진 사내. 바로 그가 공백인과의 연결고리였다.

 하지만 주방으로 사라지는 사내는 쉽게 밖으로 나오지 않았다. 일각을 기다려도, 이각을 기다려도 여전히 사내는 밖으로 나올 생각을 하지 않았다.

 복면인은 잠시 고민하다가 결국 이대로 있을 수는 없다고 결론을 내렸다.

 그는 곧 몸을 돌려 객잔의 후문 쪽으로 훌쩍 뛰어내렸다. 후문도 단단히 잠겨 있었지만 복면인이 가볍게 잡아당기자 우두둑, 소리와 함께 빗장이 부러지며 문이 열렸다.

복면인은 기척 없이, 고양이가 양탄자 위를 걷듯 조심스럽고 세심하게 움직이며 주방으로 향했다.

그때, 일순 복면인의 눈빛이 가볍게 흔들렸다.

'이런!'

복면인은 빠르게 주방 안으로 뛰어 들어갔다.

놀랍게도 주방에는 아무도 없었다. 복면인이 조장들의 시선을 피해 지붕 위로 몸을 숨겼을 때, 놈은 주방에서 또 다른 어딘가로 사라진 것이었다.

'젠장!'

복면인은 하마터면 큰소리로 욕설을 내뱉을 뻔했다.

실수를 하다니!

천하의 화군악이 이깟 미꾸라지 따위를 놓치는 우를 범하다니!

복면인, 아니 강만리의 지시를 받고 오룡연자과와 관련된 자들을 뒤쫓던 화군악은 자신에게 온갖 욕설을 퍼부었다.

조장들의 움직임에 잠시 한눈을 판 까닭에 주방 안으로 들어갔던 사내의 기척을 한순간 제대로 확인하지 못했고, 놈은 그 틈을 이용하여 객잔 어디론가 자취를 감춘 것이었다.

'진정하자. 그래 봤자 부처님 손바닥 안이다.'

화군악은 호흡을 가라앉히며 주방을 둘러보았다.

여느 객잔과 다를 바 없는 주방이었다. 한쪽 벽면에는 칼과 꼬챙이 등 온갖 요리 기구가 걸려 있었고, 또 한쪽 벽면의 벽장에는 수백 개의 그릇이 차곡차곡 쌓여 있었다.

그리고 다섯 개의 아궁이 위에는 커다란 솥들이 올려져 있었으니, 그 가짜 도파파의 방 안처럼 뭔가 비상구가 있을 공간도 없었다.

화군악은 혹시나 하는 마음으로 수많은 그릇이 포개져 있는 벽장을 밀거나 잡아당겨 보았다.

하지만 그릇들이 부딪치며 짤랑거리는 소리만 날 뿐 벽장은 쉽게 움직이지 않았다.

'내가 잠시 한눈을 파는 사이 주방에서 나와 이 층으로 올라간 것일까?'

화군악은 입술을 깨물며 생각했다.

후문은 절대 아니었다. 화군악이 잡아 부수기 전까지 단단히 빗장이 걸려 있었으니까. 만약 놈이 후문을 통해 빠져나갔다면 그렇게 빗장이 걸려 있을 수가 없을 테니까.

역시 이 층으로 올라간 게 분명했다. 하지만 화군악은 이내 고개를 흔들었다.

아무리 순간적으로 조장들에게 시선을 빼앗겼다고는 하지만 놈이 주방을 빠져나가 계단을 따라 이 층으로 올라갈 때까지 그 모든 기척을 눈치채지 못한다는 건 말도 안 되는 일이었기 때문이다.

 게다가 이 층의 방 문이 열리거나 닫히는 소리도 듣지 못했다.

 즉, 하늘로 솟은 건지 땅으로 꺼진 건지 영문은 알 수 없었지만, 놈이 이 주방에서 한 걸음도 나오지 않은 채 사라진 것만큼은 확실했다.

 주방을 둘러보는 화군악의 눈빛이 불타오르고 있었다.

4장.
심처(深處)

즉, 저 구역에는 겉으로는 전혀 그렇게 보이지 않지만,
사람의 눈을 속이고 사물의 형태를 일그러뜨리며 경계를 어긋나게 만들어서,
보이는 걸 숨기고 존재하는 걸 감추는 기문진이 펼쳐져 있는 것이었다.

심처(深處)

1. 백마사(白馬寺)

사술(邪術) 중에는 그런 무공도 있었다. 몸을 액체처럼 녹여서 벽을 통과하거나 땅속으로 스며들어 이동하는 식의 무공. 고묘파 도사들의 지둔공(地遁功)도 어쩌면 그와 비슷한 계열의 술법이라 할 수 있었다.
어쩌면 사내는 그런 환술(幻術)을 이용하여 이 사방이 꽉 막인 주방에서 빠져나간 것인지도 몰랐다.
'그런 건 상관없다.'
화군악은 복잡한 생각을 간단하게 정리했다.
'놈이 사람이라면 반드시 인기척을 남길 테니까.'
그리고 적어도 백 장 안의 인기척이라면 화군악의 천조

감응진력으로 충분히 감지할 수 있었다.

화군악은 곧바로 내공을 극한으로 끌어올리며 천조감응진력을 펼쳤다.

화군악이 지붕에서 후문을 통해 이곳 주방까지 오는 데 걸린 시간은 불과 스물을 헤아릴 정도, 거기에 이곳에서 주위를 살피느라 다시 열을 헤아릴 시간을 소모했다.

그동안 놈이 이곳을 빠져나가 백여 장 밖으로 도주했다면 모르되, 아직 백 장 안에 머물러 있다면 반드시 찾을 수 있었다.

화군악은 그 어느 때보다도 진지하고 최선을 다해 자신의 오감(五感)에 집중했다.

사람들의 코 고는 소리가 그의 귓전에 천둥처럼 울려 퍼졌다. 천정을 오가는 쥐들의 움직임도 느껴졌다.

화군악은 이내 그 소리들을 배제했다. 그러자 조금 더 먼 곳에서 한 방향으로 내달리는 기척들이 감지되었다. 종 대인의 장원으로 돌아가는 조장 무리의 기척이리라.

화군악은 그 기척들도 지우며 범위를 넓혀 갔다. 그의 귀가 살아 움직이듯이 연신 쫑긋거렸다. 조금 더 은밀하고 좀 더 날렵한 기척을 찾기 위해 집중한 그의 이마에 굵은 힘줄이 아로새겨지고 있었다.

그러던 한순간이었다.

'찾았다!'

화군악은 하마터면 크게 소리칠 뻔했다.

북동쪽을 향해 빠르게 질주하는 한 개의 기척이 희미하게나마 천조감응진력에 포착되었다가 사라진 것이었다.

그 거리는 약 백여 장, 만약 화군악이 여태 분노를 가라앉히지 못했거나, 천조감응진력을 조금이라도 뒤늦게 펼쳤다면 절대 알아차리지 못했을 거리였다.

놈은 이미 천조감응진력으로 찾아낼 수 있는 범위 밖으로 사라졌지만 화군악은 실망하지 않았다. 놈이 달려간 방향을 알았으니, 이제 그 간격을 좁히는 일만 남은 게다. 다시 백 장 안쪽으로 거리가 좁혀진다면 언제든지 놈의 기척을 포착할 수 있었다.

그리고 화군악의 경공술은 천하제일이었다. 지금처럼 달빛이 교교하게 내려앉는 한밤중이라면.

화군악은 곧바로 객잔을 벗어나 북동쪽으로 향했다.

그의 사부 야래향이 밤을 지배했듯이, 화군악 또한 밤하늘을 지배하는 경공술을 펼치며 지붕에서 지붕을 타고 빠르게 날아갔다.

화군악의 월령투영신(月靈透影迅)은 이미 야래향의 화후(火候)를 뛰어넘고 있었다. 그는 음기(陰氣)가 충만한 밤하늘의 공기를 한껏 들이마신 채 달빛 아래 한 마리 야조처럼 허공을 갈랐다.

얼마나 내달렸을까.

한순간 화군악의 눈빛이 새파랗게 번쩍였다. 다시 놈의 기척이 천조감응진력에 포착된 것이었다. 그리고 이내 그 간격은 빠르게 좁혀졌고, 점점 더 놈의 기척이 뚜렷하고 확실하게 감지되었다.

그렇게 놈과의 간격이 약 삼십여 장 정도로 좁혀졌을 때, 그제야 비로소 화군악은 한숨을 돌릴 수 있었다. 이제는 그 어떤 일이 있더라도, 설령 천지개벽(天地開闢)이 일어난다고 할지라도 놈을 놓칠 리는 없었다.

한숨을 돌리게 되자 여러 가지 생각이 한꺼번에 화군악의 뇌리에 떠올랐다.

'가만있자, 놈이 달려가는 방향이……'

그중 제일 먼저 떠오른 게 바로 그것이었다.

놀랍게도 놈은 낙양 북쪽 낙강 너머에 있는 제룡사 쪽으로 달려가고 있는 것이었다.

'설마?'

진짜 제룡사로 향하는 걸까. 놈들은 이미 우리가 숨어 있는 곳을 알고 있는 건가.

하지만 그런 의구심은 떠오른 것과 동시에 그의 뇌리에서 지워졌다.

지금 놈은 제룡사가 있는 곳보다 훨씬 더 북동쪽을 향해 질주하는 중이었다. 그리고 그곳에는 이미 쇠락한 제룡사와는 감히 비교할 수 없는, 그 위명 찬란하고 역사

유구한 사찰(寺刹)이 있었다.

'그렇구나.'

화군악은 그 사찰을 떠올리자마자 저도 모르게 피식 실소를 흘렸다.

'어째 사람들이 생각하는 게 다 거기에서 거기일까.'

화군악은 내심 그렇게 중얼거리며 더더욱 빠르게 지붕을 걷어차며 하늘 높이 도약했다.

* * *

문헌(文獻)으로 확인할 수 있는 대륙 최초의 절.

천사오백 년 전, 천축국(天竺國:인도)의 가섭마등(迦葉摩騰)과 축법란(竺法蘭) 두 승려가 대월지(大月支, 大月氏: 현 파키스탄)에서 만난 후한(後漢)의 사신을 따라 흰 말에 사십이장경과 불상을 싣고 낙양에 왔다.

당시 후한의 황제였던 명제(明帝)는 그들이 머물면서 불경을 번역할 수 있게끔 사찰을 세웠는데, 바로 그곳이 중국 최초의 사찰인 백마사(白馬寺)였다.

백마사는 낙양 시내에서 북동쪽, 낙강을 건너 조원촌(枣园村)에서 다시 북동쪽으로 십여 리 떨어진 곳에 있었다. 백마사에는 무려 삼천 명의 승려가 머물고 있으며, 특히 금나라 때 세워진 십삼 층 제운탑(齊雲塔)의 웅장한 자태가 유명했다.
 객잔 주방을 벗어나 이른 새벽의 낙양 시내를 질주하여 백마사에 당도한 사내는 잠시 걸음을 멈추고 주위를 살폈다.
 어느덧 날은 밝아 오기 시작해서 동편 하늘이 붉은빛으로 달아오르며 살그머니 어둠이 걷히고 있었다.
 이른 새벽이었지만 백마사 경내에서는 벌써부터 종소리가 들려왔다. 스님들이 새벽 공부를 시작하는 종소리였다.
 백마사의 스님들은 그 설립 취지에 걸맞게 대부분 불경과 경전을 연구하고 배우는 학승(學僧)들이었다.
 물론 도둑이나 외적(外敵)의 침입을 막기 위해, 그리고 심신(心身)의 수련 용도로 간단한 권각술이나 병기술, 체조술을 익힌 스님들도 있기는 했지만 무승(武僧)이 대부분인 소림사와는 확실히 그 궤가 다르다고 할 수 있었다.
 잠시 주변을 둘러보며 따라붙은 자가 있는지를 확인하던 사내는 곧장 담장을 뛰어넘어 경내로 들어섰다. 그는 이곳 백마사의 구조가 매우 익숙한 듯한 걸음의 낭비도 없이 곧장 목적지로 달려갔다.
 가끔 새벽처럼 일어나 경내를 청소하는 중들과 또 무리를 지어 불당으로 향하는 학승들과 마주치기도 했지만 누구 하나 그 사내를 발견하거나 기척을 눈치챈 중은 없었다.

 그렇게 사내는 아무 거리낌 없이 활보하듯 경내를 내달리며 여러 개의 담을 뛰어넘었다.

 백마사의 오대(五大) 불전(佛殿) 중 하나인 접인전(接引殿)까지 지나쳐서 그가 당도한 곳은 청량대(淸凉臺)라는 글씨가 새겨진 월동문(月洞門) 입구였다.

 마치 정원처럼 꾸며진 그곳 안에는 다시 비로각(毘盧閣)이라는 건물이 있었다.

 청량대는 과거 이 사찰을 세운 후한의 명제가 독서 겸 피서를 즐기러 찾아오는 곳이었으며, 비로각은 천축국의 두 승려가 머물며 경전을 번역했던 장소였으니, 바로 이곳이야말로 천하의 백마사에서도 가장 중요하고 근본이 되는 곳이라고 할 수 있는 심처(深處)였다.

 그 청량대 입구에서 잠시 걸음을 멈춘 사내는 재차 주위를 살피며 인기척을 경계한 후 월동문 안으로 들어섰다.

 언뜻 보면 이 층 전각처럼 보이는 비로각의 문은 굳게 닫혀 있었다. 그 문 앞에 이른 사내는 허리를 굽히며 나지막하게 이야기했다.

 "무면(無面)입니다."

 얼굴이 없다, 라는 이름을 가진 사내가 그렇게 말하자 안에서 역시 나지막한 소리가 들려왔다.

"들어오라."

동시에 문이 열리고 사내, 무면은 조심스레 전각 안으로 들어섰다.

대청 정면에는 불상이 있었고 그 불상 옆으로는 불문광대도무연지인(佛門廣大渡无緣之人)이라는 글귀가 적힌 천이 길게 드리워져 있었다.

무면은 '불문(佛門)은 넓고 커서 인연이 닿지 않는 사람이 없다'라고 적힌 천을 힐끗 바라본 후, 불상 앞에 한 차례 절을 올리고는 정중하게 자세를 갖추며 입을 열었다.

"지시하신 바대로 조장들에게 두 가지 사안을 하달하였습니다."

놀랍게도 불상에서 사람의 목소리가 들려왔다.

"뒤를 잡히지는 않았느냐?"

그 늙수그레한 목소리의 질문에 사내는 당연하다는 듯이 대답했다.

"예까지 오는 동안 여러 번 경계했으나 한 명의 기척도 발견하지 못했습니다."

"쯧쯧."

늙은 목소리가 혀를 차며 말했다.

"아직 부족한 게 많구나, 무면. 그래 가지고서야 어찌 내 제자라고 당당하게 말할 수가 있겠느냐?"

"죄송합니다."

무면은 늙은 목소리가 자신을 탓하는 이유를 짐작하지 못했음에도 불구하고 무조건 사죄하며 말했다.

"제가 부족하고 모자란 탓에 지금 하신 말씀의 의미조차 모르겠습니다. 부디 제게 가르침을 내려 주시기 바랍니다."

"한 명의 침입자가 있다는 경보가 조금 전에 울리지 않았더냐?"

"네? 아…… 설마, 그 종소리가……."

무면은 뒤늦게 깜짝 놀라며 말꼬리를 흐렸다. 예의 그 늙은 목소리가 불상에서 들려왔다.

"그래. 네가 백마사에 당도했을 때, 놈은 너보다 한발 앞서 이미 백마사 경내 안으로 숨어들었다. 그리고 대웅전 지붕에 우뚝 선 채 네가 이곳으로 오는 모습을 가만히 지켜보고 있었지."

"그렇다면 이대로 있을 수는 없잖습니까? 당장 십이귀(十二鬼)와 백팔혈랑을 불러서 놈을……."

"그럴 필요 없다."

늙수그레한 목소리는 잘라 말했다.

"놈은 네가 이곳으로 오는 걸 지켜보았지만, 또 네가 어디로 사라졌는지 알지 못할 테니까."

"네?"

무면이 놀란 듯 눈을 동그랗게 뜰 때였다. 비로각 밖에서 다시 종소리가 울리기 시작했다.

* * *

"젠장."

대웅전 지붕 위에 우뚝 서 있던 화군악은 저도 모르게 한숨을 쉬었다. 입에서는 절로 욕설이 튀어나왔다.

"빌어먹을 놈의 기문진(奇門陣)! 이곳에도 진법(陣法)이 펼쳐져 있을 줄이야."

미처 몰랐다. 당연히 알 리가 없었다.

오로지 학승으로 이뤄져서 불법과 경전을 배우고 연구하는 스님들이 기거하는 사찰이라고 알려진 백마사였다.

그 백마사 중앙에 화군악과 같은 상승 고수도 미처 알아차리지 못할 정도로 완벽한 기문진이 펼쳐져 있을 줄 도대체 어찌 짐작이라도 할 수 있겠는가.

놈을 앞서서 이곳 백마사 경내로 미리 들어와 대웅전 지붕에 자리를 잡을 때까지만 하더라도 화군악은 이미 물고기를 낚아 올렸다고 자신만만해했다.

놈은 그런 사실도 모른 채 경내를 활보하듯 뛰어다니며 여러 불전을 지나쳐 갔다.

하지만 그가 막 접인전에 들어설 무렵 갑자기 그의 신형이 신기루처럼 사라지고 보이지 않았다. 의기양양하던 화군악이 깜짝 놀라 천조감응진력을 극한으로 끌어올렸지만 놈의 기척은 수면 저 깊은 아래로 사라진 것처럼 전혀 탐지할 수가 없었다.

결국 화군악은 물 밖으로 끌어 올린 물고기를 아차 하는 순간에 그대로 놓쳐 버린 셈이 된 것이었다. 심지어 뜰채까지 준비해 두었는데도 말이다.

"그렇다고 포기할 수는 없지."

화군악은 놈이 사라진 불전 주변을 둘러보았다.

접인전과 청량대 인근은 확실히 정원처럼 꾸며 놓아서 제법 큰 나무들이 우뚝 서 있었고, 신록(新祿)의 이파리들이 우거져 있었다. 그런 까닭에 자칫 한눈을 팔게 되면 사람의 행방 하나 정도는 쉽게 놓칠 수 있는 지역이기는 했다.

하지만 그건 어디까지나 일반적인, 평범한 이들에 한해서였다. 화군악 정도 되는 자가, 시야가 가려졌다고 해서 추적하던 이의 행방을 놓치거나 인기척을 알아차리지 못할 리가 없었다.

즉, 저 구역에는 겉으로는 전혀 그렇게 보이지 않지만, 사람의 눈을 속이고 사물의 형태를 일그러뜨리며 경계를 어긋나게 만들어서, 보이는 걸 숨기고 존재하는 걸 감추는 기문진이 펼쳐져 있는 것이었다.

2. 사람들 생각은 다 거기에서 거기

"아악!"

비명과 함께 소자양이 눈을 떴다.

곁에 있던 담호가 그를 붙잡으며 그를 진정시키려 했다.

"괜찮아요. 이제 안심해도 돼요. 여긴 밖이에요."

소자양은 발버둥을 치다가 겨우 정신을 차리고 주변을 둘러보았다.

좁디좁아서 팔과 다리를 꼼짝달싹할 수 없었던 그 좁은 통로가 아니었다. 은은한 향냄새가 곳곳에 묻어 있는 조그만 방, 단출하고 소박하기 그지없는 방이었다.

"사, 살아난 거야, 우리?"

소자양의 물음에 담호가 해맑게 웃으며 고개를 끄덕였다.

"네, 아버님과 장 숙부가 때맞춰 와 주셨어요. 그리고 형님의 사부께서도 오셨고요."

"사부께서?"

흐릿하던 눈동자에 빛이 스며들었다. 사부라는 단어에 정신이 번쩍 든 듯 소자양의 눈빛에 생기(生氣)가 스며들었다.

담호는 계속해서 이야기했다.

"여긴 낙양 북쪽의 조그마한 사찰이에요. 제룡사라고 하는데, 살아남은 황계 낙양 지부 사람들이 이곳에서 은신하고 있었어요. 그런 연유로 우리도 이곳에 묵고 있는 중이고요."

"이, 이럴 게 아니지. 얼른 사부께 인사를 드리러……."

소자양은 자리를 박차고 일어서려다가 그만 힘없이 앞으로 고꾸라졌다.

담호가 얼른 부축하여 다시 자리에 눕히며 말했다.

"사흘을 아무것도 먹지 못한 채 혼절했어요. 당장 움직이는 건 무리라고요, 형님."

"사흘이나? 벌써 그렇게 지났어?"

"네. 그동안 적잖은 일들이 있었어요. 아, 잠시만요. 먼저 사람들에게 형님이 깨어났다는 걸 알리고 올게요. 오는 길에 형님이 먹을 죽도 가지고 올 테니까 조금만 기다려 주세요."

담호는 서둘러 자리에서 일어나 밖으로 나갔다.

소자양은 손을 뻗어 그를 잡으려 했지만 이내 마음을 바꿨다. 혼자 생각할 시간이 필요한 까닭이었다.

'바보다, 나는.'

소자양은 입술을 깨물었다.

'아니, 한없이 나약하기만 하고 볼품없는 겁쟁이다.'

폭죽을 만드는 업장으로 위장한 축융당에서 있을 때만

하더라도 모든 굴레와 족쇄를 벗어던지고 세상에 나가 소자양이라는 이름 석 자를 천하에 떨치고 싶었다.

그간 수련한 무공과 절대적인 화약의 지식이라면 당장 후기지수(後起之秀)의 선두 자리에 오를 거라고 자신했다.

하지만 정작 세상에 나오고 보니 소자양은 아무것도 아니었다.

굳이 담호와 비교할 필요도 없었다. 무공은 일개 평범한 무림인의 수준이었고, 그토록 자신하던 폭약은 좀처럼 사용할 기회조차 없었다.

게다가 좁은 통로에 갇혔다고 해서 발광하다가 혼절까지 하다니. 도대체 그런 추태를 부리고서 어찌 고개를 들 수가 있단 말인가.

'사부께서 학을 떼지 않을까? 제자의 자격이 없다고 파문(破門)하지는 않으실까?'

소자양은 그런 일을 당해도 어쩔 도리가 없다고 생각했다. 어쨌든 그는 사내라면 용납할 수 없는 부끄러운 행동을 한 것이었으니까.

소자양이 그렇게 자신을 비하하고 자책하고 있을 때였다. 담호에게 연락을 받은 듯한 무리의 사람들이 방금 잠에서 깬 모습을 한 채 문을 열고 방으로 들어섰다.

소자양은 무심코 시선을 돌려 그들을 바라보다가 황급

히 고개를 숙였다. 차마 그들의 얼굴을 마주 볼 수가 없었던 까닭이었다. 염치가 없었던 까닭이었다.
"다행이다. 일어났구나."
자다가 막 일어난 듯 눈곱이 낀 채로 만해거사가 웃는 낯으로 말했다. 그러고는 침상 곁에 앉아서 소자양의 맥문을 짚었다.
뒤따라 들어선 담우천은 말없이 소자양의 어깨를 두드린 다음 잠시 그의 얼굴을 들여다본 후 다시 밖으로 나갔다. 뒤이어 가까이 다가온 강만리가 하품처럼 한숨을 쉬며 소자양의 얼굴을 확인했다.
"많이 좋아진 모양이구나. 다행이다."
"죄송합니다."
소자양이 고개를 숙였다. 강만리가 고개를 갸웃거렸다.
"죄송? 왜?"
"그, 그야…… 제자가 사부의 명성에 누를 끼쳤기 때문입니다."
"내 명성에 누를? 네가?"
"네."
"비좁은 통로에 갇혀서 숨이 막혀 혼절했다는 것으로?"
강만리의 질문에 소자양은 살짝 당황했다.

아무래도 강만리는 뭔가 잘못 알고 있는 모양이었다. 어쩌면 만해거사나 화군악이 사실대로 강만리에게 말하지 않은 것인지도 모른다.

아니, 또 어쩌면 강만리는 이미 모든 걸 알고 있으면서도 굳이 그런 식으로 이야기하고 있는 것인지도 모른다.

"그, 그건······."

"바보냐, 너는? 그깟 일로 흠이 생길 내 명성이 아니다. 아니, 무엇보다 제자의 행동으로 흠집이 생길 정도라면 애당초 그 따위 명성, 없는 게 낫다. 나는 네가 깨어났다는 것만으로도 충분히 만족하고 있다."

강만리는 무뚝뚝한 목소리로 말을 이었다.

"기면속명구일결(嗜眠續命九日訣)이라는 무공이 있다. 아니, 무공이라기보다는 뭐랄까 심법이라고 해야 하나, 아니면 술법이라고 해야 하나."

강만리는 고개를 갸우뚱하고는 다시 말을 이어 나갔다.

"어쨌든 그걸 익히면 최대한 아흐레 동안 죽은 듯이 잠들 수 있다. 호흡도 없고 심장도 뛰지 않아서 마치 죽은 것처럼 보이지만 실제로는 잠을 자고 있을 뿐인, 그런 수법이 있다. 그걸 익히도록 해라."

소자양은 부끄럽고 참담한 와중에서 그런 기묘한 수법이 있다는 사실에 꽤 놀란 표정을 지었다.

"그럼 앞으로는 좁은 통로에서 숨이 막혀 혼절할 일이 없게 될 테니까. 아, 담호에게 말하면 잘 가르쳐 줄 거다. 가르치는 건 나보다 그 녀석이 더 뛰어나고 훌륭하니까."

강만리는 그렇게 말을 맺었다.

사실이었다. 담호는 지난날 북해빙궁에서 여진족의 아이들과 빙궁의 아이들에게 기본적인 무공을 가르친 적이 있었다.

당시 그는 어렵고 난해한 무리(武理)를 어린아이들이 쉽게 이해하고 깨우칠 수 있도록 차근차근 풀어서 설명하는 재주를 보여 주었다. 그런 까닭에 북해빙궁의 모든 부모가 그에게 자식들을 맡기려고 줄을 서기도 했었다.

때마침 담호가 죽그릇을 들고 방으로 들어섰다. 그릇에서 김이 모락모락 피어오르는 걸 보니 밤새도록 계속 죽을 데우고 있었던 게 틀림없었다.

담호가 죽그릇을 조심스레 침상 머리맡에 놓을 때였다.

"모든 게 정상이네."

소자양의 맥문을 짚던 만해거사가 고개를 끄덕이며 입을 열었다.

"게다가 화평신단(和平神丹)을 복용해서 그런가, 내공도 꽤 증진된 것 같군그래."

소자양의 눈이 휘둥그레졌다.

"화평신단이요?"

"그래. 자네 할머니에게 주었던 그 환단 말이네."

만해거사는 유쾌한 표정을 지으며 말했다.

"그동안 마땅한 이름을 붙이지 못해서 고민했는데 화평장(和平莊)의 약이라는 뜻으로 화평신단이라 부르기로 했지. 그러면 간단한 걸 가지고 근 일 년 동안 끙끙거렸으니."

"원래 어렵고 복잡하게 생각하는 건 쉬워도, 간단하고 단순하게 정리하는 건 어려운 법이 아니겠습니까?"

강만리가 웃으며 말하자, 만해거사가 그럴듯하다는 표정으로 고개를 끄덕였다.

강만리는 다시 소자양의 어깨를 두드리며 말했다.

"그럼 담호가 가지고 온 죽을 먹고 기운 좀 차리도록 해라. 이곳에서 그리 오래 있을 예정은 아니니, 사흘 안에는 원래 체력을 회복해야 한다. 알겠지?"

소자양이 고개를 숙이며 대답했다.

"네, 최대한 빨리 체력을 회복하겠습니다."

"그래야지."

강만리는 곧 몸을 돌렸다. 만해거사도 소자양이 편하게 식사할 수 있도록 자리를 비워 주려고 했다.

그때였다.

"조금 전 강 숙부께서 간단하고 쉽게 정리하라고 하셔

서 생각했는데요."

 담호가 문득 입을 열었다. 막 몸을 돌리려던 만해거사와 장예추가 그를 돌아보았다.

 담호는 신중한 표정으로 말을 이어 나갔다.

 "그들, 공 지배인의 수하 삼백여 명이 숨을 만한 곳이 어디 있을까요?"

 만해거사와 장예추는 서로를 돌아보았다. 그러고는 만해거사가 쓴웃음을 흘리며 말했다.

 "그러니까 그걸 지금 알아보기 위해서 낙양 지부 사람들과 군악과 예추가 이리저리 움직이고 있는 게 아니더냐?"

 담호가 다시 말했다.

 "그게…… 아무래도 너무 어렵고 복잡하게 생각했기 때문에 지금 그렇게 이리저리 움직이고 계신 게 아닐까 해서요."

 "음?"

 이번에는 강만리의 눈이 휘둥그레졌다. 동시에 그의 입술이 빠르게 움직였다.

 "그게 너무 어렵고 복잡하게 생각했기 때문이라니. 그렇다면 너는 조금 더 쉽고 간단하고 단순한 방법으로 그들을 찾을 수 있다고 생각하느냐?"

 담호가 대답했다.

"그들이 이런 사태를 미리 짐작하고 지하에 석굴을 파 두었을 가능성은 전혀 없다고 봐요. 또 삼백여 명이 숨어 있을 장원도 미리 준비할 리가 없고요. 그러니까 기존의 장원이나 혹은 삼백 명이 숨어들어도 전혀 이상하게 생각되지 않을 만한 공간, 그런 곳에 몸을 숨기고 있지 않을까요?"

"흐음."

강만리가 엉덩이를 긁적이기 시작했다. 담호는 계속해서 말을 이어 나갔다.

"게다가 사람들 생각은 다 거기에서 거기가 아닐까 싶어요. 예를 들어 낙양 지부 사람들이 이 제룡사에 몸을 숨겼듯이, 그들도 대규모의 인원이 숨을 만한 사찰이나……."

바로 그때였다.

"백마사!"

"백마사로구나!"

강만리와 만해거사가 동시에 소리쳤다. 담호가 움찔 놀라며 입을 다물 정도로 큰 목소리였다.

강만리는 엉덩이를 긁적이며 연신 고개를 끄덕였다.

"그렇지. 백마사라면 삼천 명 이상의 중들이 기거하고 있을 정도로 거대한 사찰, 거기에 삼백 명이 더 들어간다고 해서 누가 알 수 있을까?"

만해거사도 고개를 끄덕이며 말을 받았다.

"게다가 백마사라면 소림사와 또 다른 의미에서 만인(萬人)의 존경을 받는 사찰이지. 또한 고관대작은 물론 조정에도 그 인맥이 닿아 있어서, 관아는 물론이거니와 무림인들도 함부로 들어가서 행패를 부릴 수 없는 곳이기도 하니까."

"왜 내가 그 생각을 하지 못했을까? 잘했다, 담호. 이건 네 공이다."

강만리의 말에 담호는 살짝 겸연쩍어하며 말했다.

"아직 그곳에 있는지 없는지 모르는 일인데요."

"아니다. 놈들은 분명 그곳에 있을 것이다. 이럴 게 아니지. 가서 담 형님과 진 당주와 함께 밖에 나간 사람들을 불러 모아서 최대한 빨리 백마사로 가 봐야겠다."

"저도……."

"아니, 너는 예서 자양과 있도록 해라. 자양이 회복할 때까지 잘 보살펴 주도록 해라. 그리고 우리 화평장의 무공도 가르쳐 주고. 알겠지?"

"네, 그리하겠습니다."

"끄응. 그럼 이 늙은 몸도 움직여야겠군. 나와 군악, 그리고 자양을 그 좁은 통로에 가둔 것에 대해 제대로 앙갚음해 줘야 하니까 말이지."

만해거사는 강만리의 뒤를 따라 방을 빠져나갔다. 이제 방에 남은 사람은 소자양과 담호뿐이었다.

담호가 소자양을 돌아보며 의아한 표정을 지었다.

"죽 다 식겠어요. 왜 안 드세요?"

소자양이 그릇을 든 채 머뭇거리다가 한숨을 쉬며 입을 열었다.

"내가 너무 보잘것없게 느껴져서."

"네? 그건 또 무슨 말도 안 되는 소리세요?"

"아니다. 방금 너와 나의 차이를 확실히 깨달았다. 무공의 차이야 이전부터 잘 알고 있었지만 외려 그 유연한 발상과 담대한 심장, 그리고 주변을 둘러보는 넓은 시야의 차이가 무공의 차이보다 훨씬 더 크다는 걸 말이다."

"형님……."

"물론 그만큼 노력했겠지. 잘 알고 있다. 이곳으로 오는 동안에도 네가 잠시도 쉬지 않고 수련하는 걸 봐 왔으니까."

소자양은 그릇을 내려다보며 말을 이었다.

"나도 물론 노력했지만, 노력했다고 자부하고 있었지만 그게 아닌 게지. 노력이라고 해서 다 같은 게 아닌 게야. 질(質)과 양(量)의 차이가 너무 컸던 거다."

"형님."

"아니, 위로할 필요는 없다. 이래 봬도 금세 회복하니까. 활기차고 유쾌한 것 하나만큼은 너보다 나으니까."

소자양은 고개를 들어 싱긋 웃었다. 그러고는 결연한

의지가 담긴 눈빛으로 담호를 바라보며 말했다.

"너를 따라잡으려면 앞으로 훨씬 더 많은 노력을 해야 할 것 같다. 그동안……."

소자양은 고개를 숙이며 말을 맺었다.

"아니, 앞으로 잘 부탁한다. 내가 제대로 된 한 사람의 몫을 해낼 때까지 말이다."

담호는 머뭇거리다가 이내 낯을 굳히고는 소자양을 따라 고개를 숙이며 진지한 어조로 대답했다.

"네, 형님. 저도 앞으로 잘 부탁드리겠습니다."

3. 바보나 높은 곳을 좋아하는 법이다

소 뒷걸음질에 쥐 잡는 꼴이라고나 할까. 아니면 장님 문고리 잡는 격이라고나 할까.

삼백 명의 수하는 백마사에 있지 않았으니 담호의 추측은 확실히 틀렸다.

하지만 공백인과 심복들이 백마사의 심처에 은신하고 있었으니, 담호의 추측은 결국 옳았다고 해도 틀린 말이 아니게 된 셈이었다.

강만리는 방에서 빠져나오자마자 곧장 담우천과 진재건을 찾았다. 화군악과 장예추, 그리고 도파파와 왕군려를 비롯한 황계 낙양 지부 사람들 대부분은 자취를 감춘 공백인 무리를 수소문하기 위해서 낙양 곳곳에 나가 있던 참이었다.

강만리는 진재건에게 낙양 지부 사람들과 연락을 취해 백마사로 집결하라 이르는 동시에, 화군악과 장예추를 찾아서 그곳으로 오게 하라고 이야기했다.

진재건은 난감한 표정을 지었다.

낙양 지부 사람들이야 아직 제룡사에 남아 있는 그들의 연락책을 통해 이야기를 전할 수 있었지만, 정작 문제는 화군악과 장예추였다.

언제나 바람처럼 표홀하며 낮도깨비처럼 뜬금없이, 자유롭게 돌아다니는 그들의 행적을 어찌 수소문하여 연락을 취할 수 있겠는가.

하지만 진재건은 고개를 숙이며 강만리의 지시를 받았다. 그게 아랫사람의 본분(本分)이었다. 어떤 명령을 받든 반드시 그 지시를 수행할 수 있어야 비로소 제대로 된 아랫사람이라 할 수 있었다.

그렇게 명을 받은 진재건이 허둥지둥 불전(佛殿)을 떠난 후 강만리는 담우천에게 부탁했다.

"나는 다른 자들과 연락을 주고받으며 백마사로 갈 터이니 형님 먼저 그곳으로 가 주셨으면 합니다. 그쪽 동태를 지켜보시면서 진짜로 그곳에 공백인 무리가 숨어 있는지 확인해 주십시오. 그리고 행여라도, 혹시라도 공백인을 사로잡을 수만 있다면 그렇게 해 주시고요."

담우천은 고개를 끄덕였다.

"알겠네."

비록 담우천이 강만리의 아랫사람은 아니었지만, 그리고 강만리는 담우천에게 명령이나 지시가 아닌 부탁을 하고 있었지만, 그는 언제나 강만리의 부탁을 충실하게 이행했다.

담우천은 지금껏 단 한 번도 강만리를 실망시킨 적이 없었다. 그건 이번도 마찬가지일 터였다. 게다가 이번 사안은 어쨌든 그의 아들 담호가 하마터면 놈들의 흉계에 의해 목숨을 잃을 뻔했으니까.

담우천마저 빠르게 사라진 불전 안에는 이제 강만리 혼자 남게 되었다. 그는 대청을 서성이며 엉덩이를 긁적거렸다.

'역시 한 주먹이 열 주먹을 이길 수 없는 법이다.'

강만리는 담호를 떠올리며 그렇게 생각했다.

머리를 굴리고 계획을 짜고 온갖 자잘한 단서와 증거를 모아서 추측하고 예상하여 결론을 맺는 건 강만리의 장기였다. 다른 건 몰라도 그것 하나만큼은 천하의 누구에게도 뒤지지 않는다고 자부하던 강만리였다.

하지만 강만리 혼자 머리를 굴리는 것보다는 여러 사람

이 함께 힘을 합쳐 사건을 추리하고 해결하는 게 훨씬 낫다는 사실을 이번에 담호가 보여 준 것이었다.

'기특한 녀석.'

강만리는 저도 모르게 미소를 머금었다.

처음 보았을 때만 하더라도 부친 담우천 뒤에 숨은 채 잔뜩 부끄러워하기만 하던 소년이었는데, 어느새 이렇게 커서 강만리를 비롯한 어른들에게 도움을 주고 있었다.

"그건 그렇고."

강만리는 빠르게 생각을 전환했다.

"어쨌든 상대가 수백 명이라면…… 아무래도 역시 그게 필요하겠지. 그걸 챙긴 다음에 백마사로 가야겠다."

강만리는 그렇게 중얼거리며 불전을 나섰다.

* * *

담우천은 빠르게 제룡사를 빠져나갔다.

아직 날이 밝으려면 제법 시간이 필요한 듯 사위는 어두웠고 쥐 죽은 듯 고요했다. 담우천은 달빛이 내려앉은 산길을 따라 한 마리 표범처럼 질주했고, 한 마리 독수리처럼 날아서 백마사로 향했다.

물론 그만큼 담우천의 경공술이 빠른 이유도 있었지만, 제룡사에서 백마사까지는 의외로 멀지 않아서 불과

이각도 되지 않아서 당도할 수 있었다.

 백마사는 제룡사의 수십 배나 되는 규모의 거대한 사찰이었다. 산문 동쪽에 위치한 십삼 층 제운탑은 어둠 속에서도 웅장했으며, 수십 개의 불당과 불전이 담벽 위로 우뚝 솟아 있었다.

 담우천은 차분한 표정으로 사찰 주위를 살폈다. 기척은 없었다. 경계하는 이들도 없었다. 하기야 천하 만민이 존경하고 숭상하는 백마사에 함부로 침입할 자가 어디 있겠는가.

 하지만 담우천은 아무런 거리낌 없이 백마사의 담을 뛰어넘었다.

 어느덧 새벽이 밝아 오기 시작했다. 지금은 사람 흔적하나 없는 경내였지만, 곧 새벽 일과를 시작하기 위해 학승들이 하나둘씩 모습을 드러낼 것이다. 그 전에 이곳을 염탐하기 가장 좋은 자리를 선점해야 했다.

 담우천은 힐끗 대웅전 지붕을 쳐다보았다. 그러고는 이내 고개를 저었다.

 '바보나 높은 곳을 좋아하는 법이다.'

 물론 높은 곳에 몸을 숨긴 채 주변을 감시할 수 있다면 그건 확실히 최고의 방법이라 할 수 있었다.

 하지만 지금 저 대웅전처럼 몸 하나 숨길 공간이라고는 전혀 없이, 고스란히 제 모습을 드러낼 수밖에 없는 높은 곳은 바보나 멍청이가 아니라면 절대 선택하지 않았다.

 차라리 십삼 층 제운탑의 꼭대기 층에 몸을 숨긴 채 주변을 감시하는 게 가장 좋은 방법이었다.

 담우천은 뒤를 돌아보았다. 담장 밖으로 거대한 제운탑의 모습이 보였다. 제운탑으로 가려면 다시 담장을 뛰어넘어 밖으로 이동해야 했다.

 굳이 그럴 필요까지 있을까.

 담우천은 고개를 저었다. 애당초 백마사 경내 안으로 들어서지 않았다면 모르되, 들어선 이상 굳이 밖으로 되돌아갈 필요가 없었다. 차라리 좀 더 깊은 안쪽, 백마사의 심처로 향하는 게 나을 것 같았다.

 결정을 내린 담우천은 곧장 경내 안쪽으로 내달렸다. 경내는 밤새워 피운 향냄새로 가득했는데, 몇 개의 불전과 불당을 지나치던 담우천의 안색이 한순간 급변했다. 동시에 허공을 날던 그의 신형이 가장 가까운 나무로 내려앉았다.

 '음, 이 향은?'

 일반적으로 사찰에서 피우는 향냄새와는 다른, 매우 이질적이고 색다른 향냄새가 희미하게 느껴진 것이었다.

 담우천은 천조감응진력을 끌어올려 후각에 집중했다. 동시에 그의 이맛살이 절로 찌푸려졌다. 머리가 어질어질하고 눈앞이 핑 도는 것이 마치 아편이라도 한 모금 들이마신 듯한 기분이 들었던 까닭이었다.

 담우천은 그 이질적인 향냄새가 후각을 자극하지 않도록 다시 천조감응진력을 조절하고는 그 냄새의 진원지를 찾기 시작했다.

 향냄새는 경내의 보다 안쪽, 접인전을 지나서 청량대로 향하는 계단 쪽에서 흘러나오고 있었다.

 담우천은 조심스레 그 방향으로 몸을 움직였다. 나무에서 나무를 타고 이동하다가 지면으로 내려선 그는 계단 위를 힐끗 올려다보았다. 계단 끝자락에는 청량대라는 글씨가 새겨진 월동문이 있었다.

 담우천은 잠시 그 월동문을 쳐다보다가 한 걸음 발을 움직여 계단을 밟았다.

 바로 그 순간!

 펑! 하는 느낌과 함께 담우천의 발이 튕겨 나갔다. 마치 눈에 보이지 않는 투명하고 탱탱한 강막(罡膜)이라도 밟은 듯한 충격이었다.

 담우천이 흠칫 놀라 다시 발을 뗐다. 그러고는 신중한 기색으로 계단 주변을 천천히 살피기 시작했다.

 그제야 비로소 보이지 않던 것들이 희미하게나마 눈에 들어오기 시작했다. 바로 앞 계단과는 달리 계단 꼭대기의 풍경이 왠지 뿌옇고 불투명하게 보이는 것이, 역시 기문진이 설치되어 있는 게 분명했다.

기문진에는 여러 종류가 있었는데, 이렇게 낯선 자의 침입을 막고 안으로 들여보내지 않는 결계(結界) 또한 기문진의 한 종류였다.

즉, 제대로 된 파훼법을 알아야 비로소 그 안으로 들어갈 수 있는 진법인 것이었다.

담우천이 살짝 인상을 찌푸린 채 그 파훼법에 대해서 곰곰이 생각하고 있을 때였다.

뎅! 뎅! 뎅!

느닷없이 종이 울리기 시작했다. 동시에 담우천의 표정이 급변했다.

'들킨 건가.'

담우천은 살짝 당황했다.

들키다니. 그런 실수를 하다니.

지금껏 임무를 수행하다가 이런 실수를 범한 적이 언제 있었을까.

하지만 담우천은 빠르게 이성을 회복했다.

'아무래도 내가 함부로 결계 안으로 들어서려고 했던 게 들킨 모양이다.'

그렇게 생각한 담우천은 계단 뒤쪽으로 물러나서 아름드리나무와 아름드리나무가 엇갈리며 자라 있는 그 좁은 공간 속으로 몸을 숨겼다.

바로 얼마 지나지 않아서 여러 무리의 스님들이 경내

곳곳을 오가기 시작했다. 그들은 마치 새벽 일과를 시작하려는 학승들처럼, 그리고 경내를 청소하는 것처럼, 혹은 아직 잠에서 덜 깬 듯 하품을 하며 이리저리 살피며 경내를 돌아다녔다.

담우천은 접인전 일대의 스님들이 사라질 때까지 기척을 지운 채 가만히 지켜보았다. 이윽고 스님들의 모습이 사라지고 주변 인기척이 전혀 느껴지지 않게 되어서 막 몸을 일으키려던 순간이었다.

담우천은 문득 등골을 타고 흐르는 서늘한 기분에 흠칫 놀라며 저도 모르게 고개를 돌렸다.

대웅전 지붕 위.

종소리가 울리기 직전 그곳으로 날아든 누군가가 마치 천하 위에 군림하듯 우뚝 서 있었다. 그리고 바보가 아니면 올라갈 일이 없는 그곳 지붕에 서 있는 사람은 다름 아닌 화군악이었다.

'어라, 군악이 어떻게?'

담우천은 화군악을 확인하고는 눈살을 찌푸렸다.

'그렇군. 내가 들킨 게 아니라 군악, 저 녀석이 들킨 게로구나.'

저도 모르게 안도의 한숨이 흘러나왔다. 동시에 그는 아직 그런 실수를 하기에는 확실히 이르다고 생각하면서 문득 고개를 갸웃거렸다.

'벌써 이곳에 당도하다니, 진 당주로부터 그렇게 빠르게 연락을 받은 걸까?'

담우천이 그런 의문을 품을 때였다. 누군가 한 사람이 빠르게 다가오는 기척이 느껴졌다.

담우천은 아름드리나무 사이에 깊이 몸을 숨긴 채 지켜보았다.

한 명의 중년 사내였다.

중년 사내는 계단 앞에서 걸음을 멈추고는 갑자기 엉뚱하게 보법을 밟기 시작했다. 그리고 그 보법의 움직임에 따라 계단을 밟고 오르기 시작했다.

담우천은 예리한 눈빛으로 중년 사내의 발을 주시했다. 그가 어떤 보법을 밟고 계단을 오르는지 확인하기 위함이었다.

그러던 한순간, 막 계단 중간쯤까지 오른 사내의 신형이 신기루처럼 사라지고 보이지 않았다. 기문진의 결계 안으로 들어선 것이었다.

'대충 보니 구궁(九宮)에 칠성(七星)의 변화를 준 보법 같구나.'

담우천은 그 보법의 움직임을 잊지 않도록 기억하는 동시에 다시 고개를 돌려 대웅전 지붕을 쳐다보았다.

그곳에 우뚝 서 있던 화군악도 마침 담우천이 숨어 있는 곳을 내려다보고 있었는데, 왠지 모르게 허둥거리는 듯 보였다. 아무래도 뒤쫓고 있던 중년 사내가 갑자기 그 모습을 감춘 바람에 당황하고 놀란 듯한 모습이었다.

 담우천은 그제야 비로소 화군악이 진재건의 연락을 받고 달려온 게 아니라 바로 그 중년 사내의 뒤를 쫓아왔다는 사실을 알게 되었다.

 '그럼 역시 이곳이 공백인의 은신처인가 보군그래.'

 내심 중얼거리는 담우천의 눈빛에 은은한 살기가 묻어나고 있었다.

5장.
무연(无緣)

"글쎄."
담우천은 살짝 난감한 표정을 지으며 입을 열었다.
"아직 이름이 없다. 나름대로 일원검에 폭광질주섬의 보법을 응용하여서
요 근래 들어 만들어 낸 검법이라……
그래, 굳이 이름을 붙이자면 일섬혈(一閃血),
일섬혈이라고 해도 될 것 같군그래."

무연(无緣)

1. 타초경사(打草驚蛇)

화군악은 대웅전 지붕 위에 우뚝 선 채 다시 주변을 둘러보았다.

날은 천천히 밝아서 이제 어둠으로 가려진 사물은 전혀 보이지 않았다. 경내를 오가는 학승들의 수도 상당히 늘어나서 지금 화군악이 서 있는 대웅전 주변만 하더라도 대략 백여 명의 스님이 줄을 지어 오가고 있었다.

아침 공양(供養) 시간이 되었을까. 갑자기 뎅! 뎅! 하며 다시 한번 종소리가 울리기 시작했다.

경내를 오가는 학승들의 발걸음이 사뭇 빨라지는 걸 보면 다들 배가 고픈 게 분명해 보였다.

'한창 먹을 때기는 하지.'

화군악은 문득 한가한 생각을 하면서 젊은 학승들을 내려다보다가 다시 접인전과 청량대 일대로 시선을 돌렸다.

'기문진을 파훼하려면 우선 가까이 접근해야겠지. 그리고 주변을 둘러보며 어떤 종류의 진법인지 확인해야 할 테고. 하지만 이렇게 중들이 많이 오가니 아무래도 쉽게 접근하기가 어려울 것 같다.'

화군악은 차라리 이대로 한 번 후퇴해서 동료들과 함께 다시 찾아오는 게 어떨까 생각했다.

'예서 제룡사까지는 그리 멀지 않다. 차라리 제룡사로 돌아가서 강 형님들과 함께 다시 찾아오는 게 낫지 않을까? 어차피 놈들은 이곳에서 쉽게 움직이지 못할 테니까.'

기문진까지 펼쳤을 정도라면 애당초 이곳을 마지막 보루(堡壘) 정도로 생각했을 가능성이 컸다. 즉, 어지간히 위급한 상황이 벌어지지 않는다면 또 다른 거처로 옮길 가능성은 거의 전무하다고 할 수 있었다.

'음?'

화군악은 문득 고개를 갸웃거렸다. 그가 잠깐 다른 생각을 하는 동안, 생각보다 훨씬 많은 중들이 모습을 드러낸 채 경내 곳곳을 돌아다니고 있었던 까닭이엇다.

대략 그 수가 천여 명은 족히 넘어 보였으니, 이 백마사에 엄중한 일이 있지 않은 한 그리 많은 수의 중들이 이렇게 한꺼번에 모습을 드러낼 리가 없었다.

'도대체 무슨 일이 벌어지고 있는 거지? 설마 천축의 고승이 찾아와서 법회(法會)를 열 리도 만무하고.'

화군악은 고개를 갸웃거리다가 일순 무슨 생각이 떠올랐는지 안색이 딱딱하게 굳고 말았다.

'설마.'

들킨 것일까.

그리고 보니 갑자기 조금 전의 종소리가 수상쩍게 느껴졌다. 화군악이 이곳에 들어서자마자 마치 기다렸다는 듯이 종소리가 들려오지 않았던가.

당시 화군악은 그게 새벽 일과를 알리는 종소리라고 생각했는데, 아무래도 그게 아닌 모양이었다. 그 고요하던 백마사에서 갑자기 이곳저곳 중들이 모습을 드러낸 것 역시 바로 그 종소리에 반응했던 것이었다.

또한 두 번째 종소리가 울리면서 경내를 오가는 중들의 수는 더욱 늘어나서, 이제는 거의 천여 명에 이르는 중들이 경내 곳곳을 '별다르게 하는 일 없이' 오가고 있었다.

언뜻 보면 삼삼오오 모여서 대화를 두런두런 나누며 경내를 걷거나 혹은 줄을 맞춰서 탑을 돌거나, 십여 명이 자리에 앉아 불법을 공부하거나 하는 모습들이었으나 실상은 전혀 그렇지 않았다.

화군악은 예리한 시선으로 그들의 면면을 주시하다가, 문득 자신과 눈이 마주치고는 황급히 시선을 돌리는 몇몇 중들을 발견할 수 있었다.

그제야 화군악은 확신할 수 있었다.

'젠장.'

들킨 것이다.

그것도 화군악이 막 백마사 담장을 뛰어넘어 대웅전 지붕 위로 올라서는 바로 그쯤부터 놈들의 시야에 딱 걸린 것이었다.

'어떻게 알았을까? 경내에서 대웅전 지붕 위를 확인하려면 전혀 시선이 닿지 않았을 텐데.'

화군악은 인상을 찌푸리며 주위를 두리번거리다가 어느 한순간 시선이 고정되었다. 그가 뚫어지게 노려보는 그곳에는 대웅전 지붕보다 적어도 세 배 이상 높아 보이는 십삼 층 제운탑이 우뚝 서 있었다.

그리고 그 십삼 층 꼭대기의 창을 통해 누군가가 대웅전 지붕 위에 우뚝 서 있는 화군악을 감시하고 있다가, 시선이 마주치자 화들짝 놀라며 안쪽으로 몸을 숨기는 모습이 그의 시야에 들어왔다.

'그랬구나!'

화군악은 자신의 행적이 어떻게 발각되었는지 깨달았다.

십삼 층 제운탑은 평범한 탑이 아니었던 것이다. 대웅전 지붕보다 몇 배는 높은 곳에서 이 백마사 주변을 철두철미하게 경계하고 지키는 감시탑(監視塔)이었던 것이다.
 '제기랄! 빌어먹을! 바보 같으니라고!'
 화군악은 발을 구르며 소리치고 싶었다.
 자신의 멍청하고 어리석음에 대해서, 그 못난 자신감과 자만심에 대해서 세상 사람 모두 들을 정도의 큰소리로 욕설을 퍼붓고 싶었다.
 하지만 인제 와서 그래 봤자 아무런 소용이 없었다. 지금은 후회할 때가 아니었다. 실수는 인정하되 후회와 반성은 나중의 몫이었다.
 지금은 최대한 빨리 냉정을 되찾고 이성적으로 생각해야 할 때였다.
 '그러니까 지금 해야 할 고민은……'
 화군악은 입술을 질끈 깨물며 생각했다.
 앞으로 어떻게 해야 하는가에 관한 고민은 차후의 일이었다. 지금은 놈들이 자신을 발견했음에도 불구하고 왜 여태 아무런 실력 행사를 보이지 않는지에 대해서 먼저 생각해야만 했다.
 '나와 싸워서 이길 자신이 없다고 생각한 것일까?'
 바로 그런 생각이 떠올랐지만 화군악은 이내 고개를 흔

들었다. 그런 근거 없는 자신감은 자신감이 아니라 과신이었고, 자만심이었다.

만약 백마사의 중들이 일반적으로 알려진 학승이 아니라 그 정체를 감춘 무승이라면, 거의 소림사와 맞먹는 무력을 지녔다고 해도 과언이 아닐 것이다.

지금 이곳이 소림사라면, 그들 또한 화군악과 싸워 이길 수 없다고 생각할까.

화군악은 다시 머리를 굴렸다.

'내가 따로 움직일 때까지 지켜보고만 있으라는 명령이 떨어진 것인지도 모르겠다. 어쨌든 자신의 은신처에 기문진이 펼쳐져 있고, 그 기문진을 파훼하기 전까지는 안전을 보장받을 수 있을 테니 말이다.'

괜히 긁어 부스럼을 만들지 말라는 공백인의 명령이 하달되었다면 지금 저 중들의 움직임을 충분히 이해할 수 있었다. 어쩌면 이게 진실인지도 몰랐다.

하지만 화군악은 고개를 흔들었다.

'아니, 애당초 그런 명령이 떨어졌더라면 아예 이런 식으로도 나오지 않았을 것이다. 뭐랄까, 이건 너무 대놓고 경계하는 걸 내게 보여 주는 게 아닌가?'

확실히 그러했다.

무려 천 명이 넘는 중들이 특별한 일 없이 경내 곳곳을 쏘다니고 있는데 그걸 의아하게 생각하지 않고 의심하지 않을 침입자가 어디 있겠는가.

 아무리 생각해도 좀처럼 제대로 된 해답이 나오지 않자, 화군악은 문득 눈살을 찌푸리며 결정했다.

 '차라리 내가 저들을 흔들어 보는 게 낫겠다.'

 타초경사(打草驚蛇).

 타초경사는 괜히 수풀을 건드려서 뱀을 놀라게 하지 말라는 사자성어(四字成語)였지만, 그 반대로도 해석할 수 있는 말이기도 했다.

 수풀을 치면 숨어 있던 뱀이 놀랄 터이고, 놀란 뱀은 도망치거나 혹은 더욱더 깊게 숨거나 아니면 공격을 하려 들 것이다. 그 움직임을 보면서 다음 대책을 강구하는 것도 나쁘지 않았다.

 그렇게 결심한 화군악의 행동은 오랫동안 고민했던 것과는 달리 매우 신속했다. 결정을 내리자마자 그는 원령혼무보를 펼쳐서 자신의 모습을 사라지게 하는 동시에 그 짧은 틈을 이용하여 대웅전 뒤쪽으로 몸을 날렸다.

 "어어?"

 십삼 층 제운탑 꼭대기 창을 통해서 몰래 화군악을 염탐하고 있던 자들이 저도 모르게 비명 같은 외침을 토해 냈다. 눈 한 번 깜빡이지 않고 지켜보고 있던 화군악이 한순간 연기처럼 대웅전의 지붕에서 사라진 까닭이었다.

 제운탑 꼭대기에는 세 명이나 모여서 감시하고 있었지

만, 순식간에 사라져 버린 화군악의 행적을 누구 하나 제대로 좇지 못했다. 단체로 귀신에 홀린 듯한 형국이었다.

"어, 어떡하지?"

"어떡하기는 어떡해? 놈이 사라졌다는 걸 알려야지."

그들은 짧은 대화를 주고받은 후 곧바로 청홍흑백황(靑紅黑白黃) 다섯 색의 깃발을 들어서 약속된 순서대로 깃발을 흔들었다.

맞은편 종루(鍾樓)에 있던 자가 그 깃발의 순서를 확인하더니 황급히 종을 치기 시작했다.

뎅, 데엥, 뎅!

종소리가 길고 짧게 교차하며 백마사 경내에 울려 퍼졌다.

굳은 낯으로 종소리를 듣던 백마사 중들의 안색이 급변했다. 그들은 전혀 예상하지 않은 사태에 당황한 듯 서로를 돌아보며 어찌할 바를 몰라 했다.

누군가가 이런 상황을 예견하여 미리 대처 방안을 지시하지 않은 까닭에, 경내에 있던 중들은 화군악의 뒤를 쫓아야 하는 건지 아니면 이대로 계속 경내를 오가야 하는 것인지 갈피를 잡지 못하고 있었다.

* * *

비로각 밖에서 종소리가 재차 들려오고 있었다. 잠시 귀를 기울이던 공백인이 눈살을 찌푸리며 중얼거렸다.

"허어. 뭔가 착각하고 있나 보구나."

그의 앞에 공손히 서 있던 중년 사내, 무면이 의아한 듯 물었다.

"누가 착각하고 있다는 겁니까, 나리?"

"누구긴 누구겠느냐? 백마사 주지(住持)라는 멍청한 늙은이이지."

공백인은 혀를 차며 말했다.

"내가 그토록 알아듣기 쉽게 설명해 주었는데도 쓸데없는 경계망을 펼치는 바람에 침입자가 놀라서 숨게 했으니, 이제 그를 또 어찌 찾을 수 있단 말이더냐? 허어. 이거야말로 타초경사의 우를 범한 게 아니겠느냐?"

"제가 아이들을 데리고 나가보겠습니다."

"아니, 아직은 그럴 필요가 없다. 어쨌든 놈은 이곳 결계를 발견하지 못했을 테고, 또 발견해 봤자 파훼할 능력도 없을 테니 말이다."

그렇게 말한 공백인은 잠시 생각하다가 말을 덧붙였다.

"하지만 만사(萬事) 불여튼튼이라고 하기는 했으니까. 백마사 밖에 나가 있던 아이들을 모두 이곳으로 불러들이도록 하자. 만약 침입자가 경내를 빠져나가 동료들을 데리고 다시 찾아온다면 그때는 문제가 될 수도 있으니 말이다."

"부끄럽습니다, 나리."

무면은 고개를 숙이며 말했다.

"제가 놈에게 꼬리를 밟히는 바람에……."

"됐다. 이미 지난 일을 가지고 후회해 봤자 아무런 소용이 없지 않느냐? 지금은 시야에서 사라진 놈의 다음 행동을 예상하고 그 대책을 마련하는 일에 집중하는 게 훨씬 더 생산적일 것이다."

"알겠습니다. 그럼 바로 밖으로 나가서 아이들을 불러오라 지시를 내리겠습니다."

"조심하거라."

그렇게 당부하는 공백인의 눈가에 흐릿한 살기가 스며들고 있었다.

"한 번의 실수야 실수로 그치지만, 두 번의 실수는 실수가 아니게 되는 셈이니까."

무면은 뜨끔한 표정을 지으며 황급히 고개를 조아렸다.

"두 번 다시 누군가에게 발목을 잡히거나 뒤를 밟히는 일은 없을 겁니다. 믿어 주십시오, 나리."

"암, 믿고말고."

공백인은 살기 어린 눈으로 무면을 지켜보면서도 입가

에는 미소를 떠올리며 말했다.

"내가 내 수하를 믿지 못하면 누구를 믿을 수 있겠느냐? 그러니 부디 나를 실망시키는 일은 없었으면 하는구나."

"목숨을 바쳐 나리의 믿음에 보답하겠습니다."

"그럼 어서 나가 보도록 하라."

공백인의 말에 무면은 빠르게 비로각을 나섰다.

어느덧 아침햇살이 세상을 환하게 비치고 있었다. 따사로움을 넘어 이제는 제법 뜨겁게 느껴지는 햇살이었다.

무면은 그 햇살이 눈에 부신 듯 잠시 눈살을 찌푸린 채 주변을 둘러보았다.

결계 주변에는 그 어떤 인기척도 없었다. 그럼에도 불구하고 무면은 반각가량 그 자리에 우뚝 선 채 계속해서 주위를 살폈다.

그리고 확실히 별다른 낌새나 기척이 느껴지지 않는 걸 확인한 후에야 비로소 그는 결계가 쳐진 계단을 따라 접인전 방향으로 걸어가기 시작했다.

2. 일섬혈(一閃血)

아름드리나무가 우거진 사이로 조그맣게 나 있는 공간 속에 숨어 있던 담우천은 중년 사내가 결계 밖으로 나오는 걸 가만히 지켜보고 있었다.

 중년 사내는 결계 안으로 들어설 때보다 더욱 긴장하고 조심스러운 태도로 주위를 경계하고 또 경계했다. 아무래도 감시망에서 사라진 채 어디론가 도주한 화군악 때문인 모양이었다.

 하지만 그렇게 조심하고 경계했지만 중년 사내는 바로 자신과 약 일 장도 되지 않은 거리에 숨어 있는 담우천의 기척을 전혀 알아차리지 못했다.

 기실 이 중년 사내의 무위는 절대 약한 편이 아니었다. 이른바 십이귀라 불리는 공백인의 최측근 수하 중에서도 세 손가락 안에 드는, 무면암귀(無面暗鬼)라는 별호를 지닌 자가 바로 이 중년 사내였다.

 또한 무면암귀는 같은 십이귀 중 한 명이자, 저 도파파로 변장했던 천면호귀와는 격이 다른 무력을 지니고 있었다.

 그럼에도 불구하고 무면암귀는 담우천의 존재를 전혀 인식하지 못한 채 바로 그의 곁을 지나쳐 접인전 쪽으로 걸어가고 있었다.

 어쩌면 너무나도 당연한 일인지도 몰랐다.

 예전 사선행수 시절에도 마찬가지였지만, 지금의 담우천은 자신이 들키고자 하지 않는 한 천하의 그 누구도 그의 존재를 알아차리지 못할 정도의 경지에 올라 있었다.

그러니 무면암귀에게 그런 담우천의 기척을 알아채라는 건 너무나도 가혹한 일일 수도 있었다.

담우천은 무심한 눈빛으로 무면암귀가 접인전 안으로 들어서는 걸 확인했다.

그리고 마침 주변에 또 다른 기척이 전혀 없다는 사실도 확인했다. 그동안 주변을 서성이던 백마사 중들은 화군악의 종적을 찾기 위해서였는지 이미 자리를 뜬 후였다.

담우천은 천천히 몸을 일으켰다. 그는 중년 사내의 보법을 기억하면서 계단으로 향했다.

구궁에 칠성의 보법을 섞은 터라 그 보법의 움직임은 실로 어지럽고 복잡하여, 일반적인 경우라면 한두 번 본 것만으로는 절대 흉내 낼 수 없었다.

하지만 담우천은 달랐다. 그는 처음부터 암습과 잠입의 달인이었다.

잠입은 자신의 기척을 죽인 채 은밀하게 이동하는 게 전부가 아니었다. 적이 숨어 있는 곳을 파악할 줄 알아야 하며, 또 적이 설치해 둔 함정과 기관을 피하거나 혹은 파훼할 줄도 알아야 했다. 기문진도 마찬가지였다.

담우천은 과거 정사대전 당시 오대가문의 고수들과 구파일방의 고수들로부터 십팔반 무예는 물론 온갖 잡학까지 다 배워야만 했다.

그중에는 물론 기문진을 파훼하고 안으로 잠입하여 적의 목을 베는 기술도 있었다.

 구궁을 기본으로 하여 칠성의 보법을 밟으며 천천히 계단을 밟고 올라서던 담우천은 저도 모르게 문득 당시의 일을 떠올렸다.

 '그때 기문진에 대해서 가르쳐 주었던 교두(敎頭)가 누구였더라?'

 담우천은 엉뚱한 생각을 하다가 저도 모르게 퍼뜩 정신을 차리고 보법에 집중했다.

 한 걸음 계단에 오르는 순간 주변 풍경이 팟! 하고 밝아지는 느낌과 함께 주변 풍광이 한없이 찬란하게 바뀌었다. 바로 기문진으로 펼쳐 둔 결계 안으로 들어왔다는 신호였다.

 여기서부터가 중요했다. 한 걸음, 한 걸음, 그 움직임의 방향과 자리, 심지어 걸음을 떼는 무게에 따라서 기문진이 어떻게 변화하게 될지 아무도 알 수가 없었다.

 때로는 수만 명의 고수가 무리를 지어 덤벼드는 환각이 일어날 수 있었고, 때로는 수십 명의 벌거벗은 미녀가 춤을 추며 그에게 안기는 환상도 일어날 수 있었다.

 어떤 경우에는 절벽이 앞을 가로막거나 도저히 빠져나갈 수 없는 미로에 발을 디뎌 놓은 것처럼 주변의 풍경이 바뀔 때도 있었다.

심지어는 새로 태어나서 자라고 어른이 되고 여인을 만나 사랑에 빠져 혼인을 하고 아이를 갖게 되고, 그 아이가 자라나서 어른이 되고 며느리를 얻고 다시 손자를 보고, 그 손자가 장성하는 모습을 지켜보다가 결국 임종(臨終)을 맞기도 했다. 그 굴곡진 인생이 수레바퀴처럼 돌아가며 담우천을 그 자리에서 움직이지 못하게 할 수도 있었다.

담우천은 예리한 시선으로 계단을 훑어보았다. 일순 그의 눈에서 새하얀 안광이 흘러나왔다. 중년 사내가 발을 디뎠던 자리와 그렇지 않은 부분의 차이를 확인하려는 것이었다.

천조감응진력을 한껏 끌어올린 까닭에 그 어느 때보다도 시야는 밝고 강렬하게 느껴졌다. 또한 바로 그것이야말로 계단 위에 희미하게 찍혀 있는 사내의 발자국을 볼 수 있었던 이유였다.

담우천은 그 발자국을 하나씩 밟으며 계단을 올라갔다. 한 걸음씩 걸을 때마다 긴장하고 자세를 낮췄지만 다행히 주변 풍경은 변함이 없었다.

그렇게 계단 위를 모두 오르자 다시 스윽, 하는 느낌과 함께 찬란하게 반짝이던 주변 풍광이 현실로 되돌아왔다. 무사히 결계를 빠져나온 것이었다.

담우천은 긴장을 늦추지 않은 채 청량대라는 글씨가 새

겨져 있는 월동문을 지나쳐 비로각으로 들어섰다. 그리고 천천히 비로각의 문을 열었다.

소리도 기척도 없었지만 반응이 있었다. 비로각 대청에서 누군가 입을 열었다.

"누구냐?"

담우천은 대답 없이 대청으로 들어선 후 다시 문을 걸어 잠갔다. 역시 소리도 기척도 없는 움직임이었다. 하지만 이번에도 반응은 있었다.

"문을 잠그다니……. 호오, 무림오적 중 한 명인가 보구나."

담우천은 귀를 열고 소리가 들려온 방향을 감지했다. 하지만 그 소리는 사방팔방에서 울려 퍼지며 흘러나와서 천하의 담우천조차도 좀처럼 그 소리의 방향을 찾기 어려웠다.

"화군악은 아니고, 나이로 보아 장예추도 아니겠군. 멧돼지처럼 생긴 것도, 기생오라비처럼 생기지도 않았으니 결국 그대가 바로 담우천이겠군."

늙수그레한 목소리의 임자는 비록 무림오적과 한 번도 마주한 적이 없기는 하지만 그들 다섯 명에 관해서는 매우 해박한 지식을 지닌 듯했다.

"흐음. 강만리라 했나? 확실히 머리가 잘 돌아가는 놈인 건 확실하군그래. 이렇게나 기묘한 계획을 세워 우리를 속이다니 말이지."

 늙수그레한 목소리는 뭔가 착각하고 있는 듯했다.

 "어쩐지 이상한 일이라고는 생각하고 있었다. 왜 그렇게 눈에 딱 들어오는 대웅전 지붕에 모습을 드러낸 채 움직이지 않았는지 말이다. 설마 그게 우리의 시선을 잡아끌어서 그대의 잠입을 눈치채지 못하게 만드는 계획이었을 줄이야."

 '호오, 그렇게도 착각할 수 있겠군.'

 담우천은 여전히 그 방향을 감지할 수 없는 목소리의 행방을 찾으며 생각했다.

 늙수그레한 목소리는 계속 이어졌다.

 "역시 그 미끼 역할을 한 자는 화군악이겠지? 마치 아무것도 모른다는 듯이 우리의 감시망 속에서 홀로 우뚝 선 채 태연하게 배짱을 부릴 수 있는 자라면 역시 화군악이 으뜸일 테니까."

 '흠. 아무래도 우리에 대해서 뭘 모르고 있나 보구나. 군악을 그리 높이 평가하는 걸 보면 말이지.'

 화군악은 아무것도 모른다는 듯이 대웅전 지붕 위에 서 있었던 게 아니었다. 그는 진짜로 아무것도 몰랐다. 뒤늦게 자신의 존재가 발각된 걸 알아차리고 황급히 종적을 감췄을 뿐이었으니까.

 "그래. 자네의 잠입 실력이나 화군악의 담대한 배짱,

그리고 강만리의 신묘한 계책 정도는 인정하겠네. 하지만 그게 전부가 아닌가? 아직도 내 위치를 찾지 못하는 걸 보면, 결국 소문은 소문에 불과한 것이겠지?"

늙수그레한 목소리는 담우천을 비웃고 있었다.

"계속 내가 어디 있는지 찾아보게나. 그동안 밖에 나가 있던 내 수하들이 하나둘씩 돌아올 테니. 과연 천하의 담우천이 십이귀 백팔랑과 싸워 이길 수 있는지 지켜보는 맛도 남다를 것 같군그래. 허허허."

웃음소리 하나만큼은 세상 그 누구보다도 부드럽고 따뜻하게 느껴졌다. 확실히 웃는 와중에 칼로 목을 벤다는 별호가 아깝지 않을 정도의 친근하기 그지없는 웃음이었다.

담우천은 단 한마디의 대꾸도 하지 않았다. 오로지 천조감응진력을 최대한 끌어올려 늙수그레한 목소리의 주인, 소중참도 공백인의 위치를 찾아내고자 할 따름이었다.

하지만 천조감응진력으로 극대화한 청각으로도 좀처럼 그의 위치를 알아낼 수가 없었다. 공백인이 수다쟁이처럼 쉬지 않고 이야기하고 있는데도 여전히 그 목소리는 사방팔방에서 울려 퍼지고 있었다.

'바보로구나, 나는.'

담우천은 일순 가볍게 눈살을 찌푸렸다.

'천조감응진력이 외려 놈의 위치를 찾아내는 데 방해가 된다는 걸 이제야 깨닫다니.'

너무 귀가 밝으면 외려 제대로 듣지 못할 수가 있었다. 바로 지금이 그러한 경우였다.

담우천은 천조감응진력을 풀었다. 그리고 기존의 청각과 심력(心力)만으로 공백인의 목소리가 아닌, 그 기척을 감지하고자 노력했다.

그 작업은 담우천의 주변에 있는 사물들을 하나씩 지워 가는 것으로 시작되었다.

대청의 의자와 방석이 그의 시야에서 사라졌다. 천정의 단청과 화려한 문양이 흑백 무늬로 바뀌었다. 정면에 걸려 있던 노란색 천도, 제단도, 불상도 사라지고 보이지 않았다.

그리하여 남게 된 하나의 흐릿한 신형(身形).

바로 그 신형이 공백인이었다.

'호오. 그런 곳에 숨어 있었을 줄이야.'

담우천은 내심 중얼거리며 천천히 호흡을 가다듬었다. 그의 손가락 끝이 미미하게 떨리기 시작했다. 축 늘어진 오른손과 허리춤에 매달려 있는 거궐 사이에서 미묘한 긴장감이 흘러나왔다.

"이해할 수 없는 일이다. 왜 총사 나리께서는 겨우 이 정도밖에 되지 않는 자들을 그토록 경계하고 계실꼬?"

공백인은 여전히 담우천을 비웃고 있었다.

"물론 개개인의 능력이 그 누구보다도 뛰어난 건 사실이지만, 그렇다고 해서 하나의 손이 열 개의 손을 이길 수는 없는 법. 결국 수백, 수천의 무리 앞에서는 패퇴할 수밖에 없는 자들인데 말이지."

바로 그때였다. 비로각에 들어선 이후 지금껏 침묵하고 있던 담우천이 처음으로 입을 열었다.

"말이 많군."

동시에 그의 거궐이 허리춤을 빠져나와 일직선으로 허공을 그었다. 허공의 공간이 깨끗하게 두 조각으로 베어지는 동시에 한 개의 조그만 원이 마치 꽃처럼 피어났다.

전면 제단 위에 세워져 있던 불상에 구멍이 뚫리고 피가 흘러나왔다.

"헉."

뒤늦게 공백인의 입에서 얕은 신음이 새어 나왔다.

피할 수가 없었다. 아니, 반응할 도리가 없었다. 애당초 담우천의 검로(劍路) 자체가 눈에 보이지 않았으니 피하거나 반응할 수가 없었다.

공백인은 꿰뚫린 제 가슴팍을 내려다보았다.

언제 검이 날아들어 가슴팍을 꿰뚫고 사라졌는지, 전혀 알 수가 없었다.

지난 반백 년 동안 섬(閃)이니 쾌(快)니 신(迅)이니 사

(駛)니 하는 글자가 담겨 있는 수많은 쾌검(快劍)을 접해 봤지만, 이렇게나 빠르고 완벽한 쾌검은 맹세코 처음 겪어 보는 공백인이었다.

"그…… 쾌검은 뭐냐?"

정확하게 심장에 구멍이 뚫린 와중에도 무림인의 호기심은 본능과 같아서, 공백인은 저도 모르게 그렇게 물었다.

"글쎄."

담우천은 살짝 난감한 표정을 지으며 입을 열었다.

"아직 이름이 없다. 나름대로 일원검에 폭광질주섬의 보법을 응용하여 요근래 들어 만들어 낸 검법이라……. 그래, 굳이 이름을 붙이자면 일섬혈(一閃血), 일섬혈이라고 해도 될 것 같군그래."

담우천은 검날에 묻어 있는 한 방울의 피를 힐끗 내려다보며 그렇게 말했다.

3. 나이가 들어서일까

"일섬혈이라……."

공백인은 문득 기쁜 표정을 지으며 물었다.

"그렇다면 그 일섬혈에 당한 자가 내가 처음이겠군?"

"그렇지."

"호오, 그것도 나름대로 영광이군그래."

그렇게 중얼거리는 공백인의 입에서 검은 핏물이 울컥 쏟아졌다.

"어쨌든 정정하지. 자네는 확실히 강하네. 천하의 나를 단 일초 만에 죽이는 걸 보면 말일세."

"겨우 그 정도의 일로 뭘."

"하지만 그렇다고 해서 자네가 세상을 거머쥘 수 있는 건 아니네. 천하의 주인은 오로지 우리 총사 나리의 몫이니까 말이지."

회광반조(廻光返照)라고나 할까.

더듬거리며 겨우 말하던 공백인의 말투가 예전으로 돌아왔다. 공백인은 불상 밖에 우뚝 서 있는 담우천을 노려보며 말을 이었다.

"그리고 겨우 나 하나 죽인 것으로 모든 게 끝났다고 생각하지는 말게. 내 대신, 내 수하들이 극진하게 자네를 대접해 줄 테니까."

공백인은 그렇게 말하며 손을 뻗었다.

와지끈!

불상이 박살 나자, 그의 손이 바로 옆에 늘어져 있던 노란 천을 잡아당겼다. 불문광대도무연지인(佛門廣大渡无緣之人)이라고 적혀 있던 바로 그 천이었다.

순간 비로각 지붕 위로 한 개의 깃발이 솟구쳐 올랐다. 십삼 층 제운탑 꼭대기에서 아주 또렷하게 볼 수 있는 붉은 깃발이었다.

"큰일이다!"

"변고가 일어났다!"

감시자들은 놀라고 당황하여 크게 소리치면서 황급히 깃발들을 들어 종루를 향해 신호를 보냈다. 종루에 대기하고 있던 자들이 강하게 종을 쳤다. 그 어느 때보다도 크고 장엄한 종소리가 울리기 시작했다.

뎅! 뎅! 뎅!

그 종소리를 들은 공백인은 만족했다는 듯 웃기 시작했다.

"허허허. 어디 한번 살아가 보게. 만약 예서 살아남는다면 확실히 그대와 무림오적을 우리 종사 나리의 적수라고 인정할 테니까."

"그대에게 인정받을 필요가 있을까."

담우천은 무뚝뚝하게 대꾸했다.

"굳이 그대에게 인정받지 않더라도 내가, 우리 무림오적이 세상에서 가장 강한 건 변함없는 사실인데 말이지."

하지만 공백인의 대꾸는 들려오지 않았다.

담우천은 천천히 걸음을 옮겨 불상으로 다가갔다. 그리고 가볍게 손을 뻗어 불상을 후려쳤다. 나무로 만든 불상은 어이없을 정도로 가볍게 반으로 조각이 났고, 그 속에 숨어 있던 공백인의 모습이 드러났다.

공백인은 이미 숨이 끊어진 상태였다. 마지막까지 그가 꼭 쥐고 있던 천은 구겨질 대로 구겨져 있어서 무연(无緣)이라는 두 글자만 확실하게 보였다.

"무연이라……."

담우천은 잠시 공백인을 내려다보며 중얼거렸다.

무연(无緣).

인연이 없다는 뜻이었다. 또한 그 속에는 덧없다는 의미도 숨어 있었다. 세상과 인연이 없고, 사람과 인연이 없다면 결국 세상 그 모든 것이 덧없을 수밖에 없을 테니까.

공백인은 종리군의 수하였다. 사실 그것만으로 이렇게 굳이 끝까지 쫓아서 그를 죽일 이유는 담우천에게 없었다.

하지만 공백인은 함정을 파서 동료들을 죽이려 했다. 특히 담우천의 아들 담호까지 죽이려고 들었다. 담우천이 평소와 달리 흥분했던 이유는 바로 그것이었다.

그리고 그게 공백인과 담우천의 인연이었다. 또한 공백인이 반드시 죽어야 할 이유이기도 했다.

"이제 죽었으니……."

공백인과의 인연은 사라지고 다시 무연(无緣)으로 되돌

아간 것이다. 또한 이미 공백인이 죽었으니 이곳에 있는 자들에 대해서도 아무런 미련이 없게 되었다.

담우천이 잠시 그런 생각을 하고 있을 때였다.

와락!

비로각의 문이 열리고 한 사내가 벼락처럼 뛰어들었다. 바로 동료와 수하들을 집결시키라는 명령을 전달하러 갔던 무면귀였다.

그는 대청에 뛰어들자마자 담우천의 등을 향해 칼을 휘둘렀다.

콰아아아!

마치 거대한 폭포가 일으키는 소리처럼 강렬한 굉음이 무면귀의 칼에서 쏟아져 나왔다.

하지만 다음 순간, 무면귀의 칼은 있는 힘껏 대청 바닥을 내리쳤다. 와지끈, 소리와 함께 나무로 만든 대청 바닥이 쪼개지며 나무판자들이 사방으로 튀어 올랐다.

"이 개자식!"

무면귀는 칼을 거둬들이며 빠르게 몸을 돌려 담우천을 찾았다. 하지만 등 뒤에도 담우천은 없었다.

무면귀가 크게 분노한 와중에도 살짝 당황함을 금치 못할 때, 순간적으로 환섬신루의 보법을 밟아 무면귀의 등 뒤로 돌아갔다가 다시 제자리로 돌아온 담우천이 그의 머리를 베었다.

단숨에 잘려 나간 무면귀의 머리가 허공 높이 솟구쳤다가 구멍 난 바닥 밑으로 떨어졌다.

 담우천은 아무 미련 없이 목 잘린 무면귀를 한쪽으로 밀어내 쓰러뜨리고는 성큼성큼 비로각 밖으로 걸어 나갔다.

 뎅! 뎅! 뎅!

 아직도 종소리가 들려오는 가운데, 청량대 계단 주변으로는 수백 명의 중이 온갖 잡스러운 무기들을 쥔 채 모여 있었다.

 그들에게는 그 일대에 펼쳐진 결계를 뚫을 방법이 없는 듯, 그저 계단 위를 올려다보며 발만 동동 구르고 있었다.

 담우천은 살짝 난감한 표정을 지었다.

 그는 살인마가 아니었다. 상대도 되지 않는 자들에게 무작정 살수를 펼치는 것도, 처참할 정도의 살육극을 자행하는 것도 즐기는 편이 아니었다.

 이미 죽일 자는 죽였고, 그것으로 이곳 백마사와의 인연은 끝이 났다. 더 이상의 살인은 무의미한 것이었다.

 담우천이 그렇게 망설이던 순간이었다.

 쾅! 콰아앙!

 귀가 멀 것 같은 굉음과 함께 백마사 전체가 무너질 것처럼 흔들리고 곳곳에 균열이 생길 정도의 폭발이 일었다.

느닷없는 폭발에 백마사 중들은 혼비백산하여 어쩔 줄을 몰라 했다.

"적이 쳐들어왔다!"

"놈들을 막아라!"

"결계가 펼쳐져 있는 이상 어차피 이곳은 우리가 어떻게 해 볼 수가 없다! 이곳은 공 나리의 수하들에게 맡기고 우리는 저들을 막으러 가야 한다!"

대부분의 중이 혼란하고 당황한 와중에도 몇몇 중들은 이성을 잃지 않은 채 그렇게 소리쳤다. 중들은 그 외침에 일리가 있다고 여겼는지, 몇몇 중을 남겨 둔 채 우르르 폭발 현장으로 달려 나갔다.

'만리가 도착한 모양이로군.'

담우천은 힐끗 폭발음이 들려온 방향을 바라보며 그렇게 생각했다. 하기야 축융문의 폭약이 아니고서는 이렇게나 강대하고 위협적인 폭발을 일으키지 못할 테니까.

바로 그때였다.

콰앙! 콰앙!

또 한 차례의 폭발음이 들렸다. 조금 전보다 훨씬 더 강렬하고 거대한 폭발음이었다. 심지어 담우천이 있는 곳까지 후폭풍(後爆風)이 세차게 밀려들 정도의 폭발이었다.

백마사 중들이 악다구니를 쓰는 소리가 희미하게 들려

왔다.

"제운탑이 무너지려고 한다!"

"놈들의 목표는 제운탑이다! 다들 그곳으로 가서 놈들을 막아라!"

담우천은 고개를 돌렸다.

경내 밖 산문 근처에 우뚝 서 있는 십삼 층 제운탑이 새까만 흙먼지로 뒤덮인 채 흔들거리고 있었다. 게서 한 번 더 폭발이 일어난다면 저 거대한 제운탑이 송두리째 무너져 내릴 게 분명했다.

그 엄청난 위력에 공포를 느낀 것일까. 아니면 자신들도 그곳으로 달려가 제운탑을 구해야 한다고 생각한 것일까.

계단 주변에 대기하고 있던 중들은 한 명도 남기지 않고 모두 제운탑 방향으로 사라졌다.

담우천은 다행이다 싶었다. 만약 중들이 끝까지 이곳에 남아 있었더라면 애꿎은 그들마저 죽여야 했다.

'나이가 들어서일까.'

담우천은 천천히 계단을 내려오며 내심 중얼거렸다.

'왠지 사람 죽이는 일이 싱거워진 걸 보면 말이지.'

사실 담우천에게는 사람 목숨이나 모기 목숨이나 매한가지였다. 귀찮게 하는 놈은 가차 없이 죽인다. 그렇게 죽여도 아무런 죄책감이나 동정심을 느끼지 않는다. 모기 한 마리 죽이고 눈물 글썽이는 사람 없듯이, 사람 하나 죽이고 가슴 아파한 적이 없는 담우천이었다.

하지만 어느 순간부터, 언제부터인가 담우천의 마음이 조금씩 달라지기 시작했다.

아직은 그래도 손속에 정(情)을 두지는 않지만, 사람을 죽이고 나면 뭔가 뒤끝이 남았다. 가래침처럼 끈적거리는 무언가가 심장 어딘가에 붙은 채 입 밖으로 나오지 않게 되었다.

'슬슬……'

담우천은 계단을 내려왔다. 주변을 둘러보고 인기척이 없음을 확인하면서 그는 다시 마음속으로 중얼거렸다.

'은퇴할 때가 되어 가는군.'

* * *

"젠장!"

원령혼무보의 수법으로 자취를 감춘 채 대웅전 지붕에서 뛰어내린 화군악은 누군가에게 욕설을 퍼부으며 빠르게 질주했다.

이미 그의 존재가 발각된 이상, 그리고 공백인이 숨어 있는 주변에 기문진의 결계가 펼쳐져 있는 이상 굳이 이곳에 홀로 머물 이유가 없게 되었다. 차라리 제룡사로 돌아가 동료들과 함께 되돌아오는 게 가장 합리적이고 이성적인 대응이었다.

"젠장! 천하의 화군악이 이렇게 도망치듯 빠져나가야 한다니."

그렇게 자신에게 화를 내며 내달리는 화군악의 신형은 너무나도 빠르고 은밀해서, 주변 경내를 돌아다니는 중들은 전혀 그 기척을 알아차리지 못했다. 그게 더 화군악을 분노하고 짜증 나게 만들고 있었다.

'이런 허수아비 같은 놈들에게 발각되다니! 창피해서 누구에게도 말할 수 없는 일이다!'

화군악은 연신 투덜거리면서 몇 개의 담을 뛰어넘고 몇 곳의 경내를 지나쳐 이윽고 백마사 담을 훌쩍 뛰어넘었다.

백마사에서 제룡사까지는 빠른 경공술로 반 시진도 걸리지 않을 정도의 거리에 불과했다. 화군악은 최대한 빠르게 제룡사를 향해 달려갔다.

그렇게 일각 가까이 달렸을까. 갑자기 그는 경공술을 멈추고 자세를 낮췄다. 맞은편에서, 즉 제룡사 쪽에서 백마사를 향해 일단(一團)의 사람들이 달려오는 기척이 있었던 것이었다.

'놈들의 원군일까?'

화군악은 살기를 끌어올렸다.

만약 공백인의 수하들이라면 바로 이 자리에서 잔인한 살육극을 벌이겠다는 생각으로 정면을 주시하던 화군악은 이내 두 눈을 휘둥그레 뜨고 말았다.

"어라, 강 형님이 어떻게?"

놀랍게도, 지금 화군악의 맞은편에서 달려오고 있는 일단의 무리는 다름 아닌 강만리와 장예추, 진재건과 황계의 낙양 지부 사람들이었다.

그들도 화군악을 보고는 깜짝 놀라 걸음을 멈췄다. 강만리가 그 조그마한 눈을 휘둥그레 뜨며 물었다.

"어라, 군악 네가 어찌 여기에 있느냐?"

화군악도 놀라 물었다.

"그러는 형님은요?"

"나야 공백인이 숨어 있는 곳으로 달려가던 참이지. 그가 어디에 숨었는지······."

"백마사요? 안 그래도 지금 거기에서 오는 중이거든요."

"으음? 놈이 숨어 있는 곳이 백마사라는 걸 네가 어찌 아는 게야?"

"그야 당연히 제가 똑똑하고 현명하니까요."

화군악은 어깨를 으쓱거리며 말했다. 강만리는 절로 눈살을 찌푸리며 한숨을 내쉬었다. 그러고는 화군악의 행색을 살피며 물었다.

"담 형님은?"

"담 형님이라니요?"

"백마사에 있었다면서 담 형님과 마주치지 못한 거야?"

"어라? 담 형님도 백마사에 계세요?"

"그래. 나보다 한참 일찍 출발했으니 지금쯤이라면 백마사 내부 깊은 곳까지 잠입하셨을 게다."

"으음."

화군악은 뭔가 마음에 들지 않는다는 표정을 지었다.

'만약 담 형님이 백마사에 잠입했다면 분명 대웅전 지붕 위에 있던 나를 보셨을 거다. 그런데도 한마디 조언이나 경고가 없었다는 건……'

설마 나를 미끼로 사용하여 백마사 중들을 유인하게 만든 다음 홀로 공백인을 해치우는 즐거움을 만끽하려 한 것일까, 하는 생각이 화군악의 뇌리를 스치고 지나갔다.

하지만 화군악은 더 깊이 생각할 겨를이 없었다.

"바로 백마사로 가자."

강만리가 화군악에게 말했다.

"형님이 편하게 행동할 수 있도록 우리가 밖에서 도와줘야 하니까."

강만리는 품을 두드리며 말을 이었다.

"이 정도 멸앙화린구라면 놈들이 혼비백산하기에 충분

할 것이다."

"이왕 놈들의 얼을 완전히 빼놓으려면요."

화군악은 강만리의 품을 잠시 바라보다가 무슨 생각이 들었는지 불쑥 입을 열었다.

"역시 제운탑을 무너뜨리는 게 최고죠."

화군악은 십삼 층 꼭대기에서 자신을 감시하던 자들을 떠올리며 그렇게 말을 맺었다.

6장.
일함(一喊)

사내는 식은땀을 뻘뻘 흘리며 애원했다.
어느새 그의 말투도 바뀌어 있었다.
그 광경을 지켜보던 중들의 안색도 새파랗게 질려 있었다.
그들은 마치 강만리가 자신들의 불알을 쥐고 있기라도 한 듯한 표정들이었다.
평생을 불문에서 살아온 그들이 언제 이런 고문(拷問)을 본 적이 있겠는가.

일함(一喊)

1. 백마사에서 무슨 일이 있었기에

콰앙! 쾅!
화군악이 멸앙화린구의 심지에 불을 붙여 던질 때마다 지축이 흔들리는 듯한 굉음이 터져 나왔다.
흙먼지가 십삼층 제운탑을 뒤덮을 정도로 높이 피어오르는 가운데 강만리가 악다구니를 쓰듯 크게 외쳤다.
"그러다가 무너뜨릴라!"
화군악도 잔뜩 신이 나서 소리쳤다.
"무너뜨리려는 건데요!"
"무너뜨리면 안 돼!"
"왜 안 되는데요?"

"몰라서 묻냐? 제운탑은 국보(國寶)다! 역대 황제들이 때마다 이곳을 찾아와 제운탑에 오르셔서 낙양 일대를 둘러보셨다! 그런 제운탑을 우리가 무너뜨린다면 그야말로 천하의 악적(惡賊)이 되고 말 것이다!"

"뭐 어때요? 애당초 우리는 무림오적인데요!"

"무림오적과 나라의 공적(公敵)은 다르다! 그러니 절대로 무너뜨리면 안 된다!"

강만리가 거듭해서 경고하고 주의를 주자, 화군악은 김샜다는 투로 "쳇!" 하면서 제운탑 꼭대기를 노려보았다.

"참 네놈들 명줄이 길구나. 하지만 다음에는 절대 용서하지 않겠다."

화군악은 그렇게 투덜거리고는 곧 방향을 돌려 산문을 향해 멸앙화린구를 날리며 소리쳤다.

"산문 하나 정도는 박살 내도 괜찮겠죠?"

강만리는 대답 대신 한숨을 내쉬며 고개를 설레설레 흔들었다.

'도대체 백마사와 무슨 악연이 있기에······.'

애당초 제운탑에 폭탄을 던지는 건 백마사 중들의 시선을 이곳으로 끌어서 이미 잠입했을 담우천이 보다 쉽고 편하게 활약할 수 있게 하기 위함이었다.

그런데 화군악은 아예 백마사를 송두리째 무너뜨리는 걸 목표로 삼은 듯, 여기저기 쉴 새 없이 멸앙화린구를 집어 던지고 있었다.

쾅! 콰아앙!

요란한 굉음과 함께 지축이 흔들렸다. 땅이 꺼지고 흙먼지가 수십 장 높이로 솟구쳐 사방으로 비산했다. 후폭풍의 뜨거운 열기와 바람이 백마사 일대를 뒤덮었다.

느닷없는 폭발음에 깜짝 놀란 중들은 달려 나오다가 그 후폭풍에 휘말려 나가떨어지거나 흙먼지에 뒤덮인 채 고꾸라져야만 했다.

그렇게 화군악과 장예추, 강만리와 진재건이 사방으로 날뛰면서 마구 멸앙화린구를 난사하면서 백마사 입구 일대는 그야말로 수십 개의 운석(隕石)이라도 떨어진 양 곳곳에 커다란 구멍을 만들어 냈다.

'이 정도면 담 형님이 충분히 날뛸 시간과 여유를 만들어 줬을 터……'

강만리가 내심 그렇게 중얼거리며 상황을 살피던 순간이었다. 일순 뒤쪽에서 수십 개, 아니 백여 개의 기척이 빠른 속도로 달려오는 게 느껴졌다.

그건 강만리만 인지한 게 아니었다. 장예추는 물론이거니와 미친 듯이 이리 날뛰고 저리 날뛰던 화군악의 얼굴빛도 달라졌다.

"옳거니! 드디어 놈들의 원군이 오는구나! 내 얼마나 이 순간을 기다렸는지 모른다!"

화군악은 눈에 쌍심지를 켜며 백여 개가 훌쩍 뛰어넘는 기척이 달려오는 방향으로 뛰어갔다. 그건 마치 오래간만에 고향에 돌아온 부모를 마중 나가는 어린아이처럼 잔뜩 신이 난 모습이었다.

"허어. 도대체 백마사에서 무슨 일이 있었기에……."

강만리는 화군악의 뒷모습을 보며 혀를 내두르다가 문득 정신을 차리고 크게 외쳤다.

"진 당주는 나와 함께 백마사 중들을 막는다! 예추는 군악을 도와 놈들의 원군을 몰살하라!"

"존명!"

진재건이 크게 소리치는 가운데, 장예추는 대답 대신 화군악을 뒤쫓는 것으로 갈음했다.

상황은 고약했다.

언뜻 보면 수백의 무리가 앞뒤로 포위하는 형국이었고, 그들의 무위가 어느 정도인지는 아직 가늠되지 않은 수준이었다. 어쩌면 강만리 일행 모두 이 자리에서 뼈를 묻을 수도 있는 긴박한 상황이었다.

하지만 강만리 일행 중 누구 하나 그런 긴박하고 다급한 표정을 지은 자는 없었다.

잔뜩 신이 나서 군혼을 휘두르며 적의 원군을 마중 나가는 화군악이나 그 뒤를 쫓는 장예추는 물론, 백마사 정문에서 꾸역꾸역 밀려 나오는 수백의 중들을 마주하는 강만리, 그리고 심지어 진재건까지 다들 '제대로 맛을 보여 주마!' 하는 얼굴로 상대를 맞이하고 있었다.

"되도록 죽이지 말게, 진 당주!"

강만리는 소리치며 수백의 중들 한복판으로 뛰어들었다.

"존명!"

'그냥 죽이는 게 편한데 자꾸만 귀찮은 명령을 내린단 말이지.'

비록 대답은 크게 했지만 속으로는 그렇게 투덜거리면서도 진재건은 칼자루를 거꾸로 쥐어 칼등으로 중들을 후려치고 베어 갔다.

사실 애당초 칼은 검과 달리 칼날을 이용하여 찌르고 베는 건 부차적인 효용이라 할 수 있었다.

그 묵직한 무게의 칼을 크게 휘둘러서 적의 갑옷을 바스러뜨리고 투구를 박살 내는 게 제대로 된 칼의 위용이자, 첫 번째 효용이었다. 그 맹렬하고 강맹한 타격으로 뼈를 부러뜨리고 살이 움푹 패게 만드는 것, 바로 그것이 칼의 진정한 위력이었다.

진재건은 그 칼의 효용대로 자신의 칼을 크게 휘둘렀다. 달려오는 중들의 무기를 박살 내고, 옆구리를 후려쳐 살을 움푹 패게 하고, 어깨를 내리쳐서 쇄골을 바스러뜨렸다.

알고 보니 백마사에는 학승만 있는 게 아니었다. 지금 정문을 통해 수도 없이 달려 나오는 중들은 나름대로 무공을 펼치는 무승이었다.

하지만 그들은 도저히 진재건의 칼질을 당해 내지 못했다. 진재건이 한 번 칼을 휘두를 때마다 살점이 떨어져 나가고 피가 솟구쳤다. 애당초 상대가 되지 않았다.

애달픈 비명이 쉬지 않고 들려왔다. 하지만 진재건은 마치 양 떼를 유린하는 늑대처럼 거침없이 후려치고 내려치기를 반복했다.

그 와중에 강만리는 어찌하고 있을까 궁금해졌는지 진재건은 문득 시선을 돌려 그가 있는 쪽을 돌아보았다. 동시에 진재건은 저도 모르게 중얼거렸다.

"진짜 꼭 멧돼지 같다니까."

진재건이 양 떼에 뛰어든 늑대라면, 강만리는 어금니를 앞세워 맹렬하게 치닫는 멧돼지와 같았다.

그는 검은 몽둥이처럼 생긴 야우린을 정신없이 휘두르며 일직선으로 정문을 향해 달려가고 있었다.

비록 수백 명의 중이 막아서고 있었지만 그가 야우린을 휘두르면서 전진하자 마치 바다가 갈라지는 것처럼 길이 생겼다.

말 그대로 강만리가 가는 곳이 곧 길인 셈이었다.

강만리의 야우린은 투로고 초식이고 아무것도 없었다.

그저 상대가 보이는 대로 어깨를 내리치고 팔뚝을 가격하고 옆구리와 허벅지를 타격했다.

야우린에 한 번 얻어맞은 중들은 뼈가 부러지고 살점이 터지는 고통을 견디지 못한 채 그대로 나가떨어졌다.

그렇게 백마사 입구 쪽으로 달려간 강만리는 크게 야우린을 휘둘러 감히 중들이 접근하지 못하도록 만든 다음, 배에 단단히 힘을 주고 우렁차게 소리쳤다.

"죽기 싫으면 물러나라!"

강만리의 목소리에는 사자후(獅子吼)의 공력이 실려 있어서 그 쩌렁쩌렁한 음성이 백마사 뒤쪽까지 뻗어 나갔다.

강만리의 주변에 몰려 있던 중들은 그 가공한 내력을 감당하지 못하고 귀를 틀어막아야만 했다. 뒤늦게 반응한 자들은 고막이 터지는 듯한 고통에 비틀거리거나 그 충격으로 실신하기까지 했다.

강만리는 재차 소리쳤다.

"백마사의 주지는 당장 나와 중들을 물러나게 하라! 그렇지 않으면 오늘 백마사가 괴멸하는 모습을 보게 될 것이다!"

그의 우렁우렁한 목소리에 나무들이 크게 흔들리고 나뭇잎들이 우수수 떨어졌다.

무력(武力)이 약한 자들이야 강만리의 일함(一喊)이 얼마나 대단하고 무시무시한지 모를 수도 있었다.

 하지만 어느 정도 내공이 쌓이고 무위가 일정 경지에 오른 자들은 그 고함 소리 하나만으로 강만리가 절대 고수임을 알 수 있었다.

 그래서였을까.

 중들 뒤쪽에서 지휘하던 자들이 크게 소리치며 중들을 물러서게 했다. 또한 십삼층 제운탑의 꼭대기 층에서는 연신 파랗고 노란 깃발들이 빠르게 휘날리고 있었다.

 수백 명의 중이 앞다퉈 뒤로 물러났다. 그와 반대로 십여 명의 황금빛 가사(袈裟)를 걸친 중년의 중들이 앞으로 천천히 걸어 나왔다.

 강만리 곁으로 진재건이 달려와 바로 뒤쪽에 시립했다.

 일순 강만리의 눈빛이 살짝 변했다. 제법 오랜 시간 동안 백마사의 중들과 제법 힘든 격전을 벌였을 텐데도 의외로 진재건의 호흡은 평온하고 흔들림이 없었던 것이다.

 이런 실력으로 고굉의 밑에 있었다는 게 전혀 믿어지지 않았다.

 '어쩌면……'

 강만리의 눈빛이 다시 한번 묘하게 반짝이고 있었다.

2. 사자후(獅子吼)

 진재건은 애당초 고굉이 방주로 있던 흑방 사람이었다. 강만리가 화평장을 세우면서 호원 무사가 필요할 때 고굉의 추천으로 화평장 사람이 된 자였다.

 워낙 일 처리가 다부지고 입이 무거우며 실력 느는 게 눈에 띄어 강만리는 진재건을 호원당주로 임명했고, 또한 담우천의 아들 담호의 호위를 그에 맡기기도 하였다.

 하지만 근래 그와 함께 다니면서 진재건에 대한 강만리의 생각이 조금씩 바뀌고 있었다.

 우선 일개 흑방의 방도였다고 하기에는 그 침착함과 대담함, 상황 판단 능력이 너무나도 뛰어났다. 특히 벌어진 일을 빠르게 처리하는 능력이 남달라서 왜 이런 인재가 고굉 밑에 있었는지 이해가 가지 않을 정도였다.

 하지만 강만리가 진재건에게 관심을 가진 가장 큰 이유는 역시 그의 뛰어난 무위 때문이었다.

 사천 성도부의 뒷골목을 주름잡던 흑방이라고는 하지만, 결국 흑방은 흑방에 불과했다. 흑방에서 아무리 뛰어난 무위를 지녔다 할지라도 강호에 나서면 기껏해야 이류, 최대한 잡아도 일류 이상의 실력자에 불과했다.

 그러나 진재건은 달랐다. 물론 그가 화평장의 일원이 되고 나서 나름대로 무공이 크게 상승했다고는 하지만,

그의 나이를 생각해 보면 삼류 무인에서 상승 고수로 성장하는 건 절대 무리였다.

그러니 진재건의 갑작스레 높아진 무위에 대해서는 역시 자신의 본실력을 숨기고 있었다고 보는 게 가장 타당한 추측이었다.

그렇다면 왜 자신의 본래 실력을 숨기고 있었을까.

무림의 고수가 자신의 신분과 실력을 숨기고 하오문에 은거하듯 숨어 지내는 경우가 없지는 않았다. 하지만 진재건은 무림의 이름난 고수가 아니었다. 태극천맹의 정유도 그를 알지 못했다.

취몽월영으로부터 무림사(武林史)와 무림인들에 대해서 해박한 가르침을 받은 장예추도, 정파의 기인이었던 유 노대와 만해거사도, 심지어 마도의 거두였던 야래향이나 빙혼마녀도 진재건을 두고 신분을 감춘 고수라고 전혀 의심하지 않았다.

'그러니까 저 정도 되는 실력자인데 누구도 알지 못하는 무명(無名)이고, 신분을 감춘 채 내 주변을 맴돈다…… 라는 건 과거에도 있었던 일이 아닌가?'

강만리는 한 인물을 떠올렸다.

눈치 빠르고 싹싹하게 일을 잘하는 점소이인 줄로만 알았는데 알고 보니 상당한 무위를 지닌 고수였던 자.

지금은 한쪽 팔이 잘린 상태로 강만리의 시야 밖으로

사라졌지만, 반드시 어딘가에서 또 어떤 식으로든 강만리와 무림오적의 일에 관여하고 있을 십삼매의 충복(忠僕).

 바로 왕일문이라는 자가 그러한 인물이었다.

 강만리의 뇌리에 그 왕일문과 진재건이 여러 면에서 서로 겹친다는 생각이 문득 들었다.

 '그렇다면 설마……'

 강만리는 힐끗 진재건을 훔쳐보며 생각했다.

 '저 친구 역시 십삼매가 보낸 황계 사람일까? 우리를 감시하고 그녀에게 보고하기 위해 숨어든 세작(細作)인 겐가?'

 강만리가 그렇게 진재건에 대해 생각하고 있는 동안, 앞으로 걸어 나온 십여 명의 중은 강만리를 향해 정중하게 합장하며 입을 열었다.

 "도대체 시주는 누구시기에 이 한적하고 고요한 땅을 찾아와 이런 난동을 부리는 것이오?"

 "백마사는 지난 천여 년 동안 오로지 불법을 연구하고 공부하는 곳이오. 그러니 무림과는 아무런 인연도 없을진대 이런 만행을 저지르는 이유가 무엇이오?"

 한눈에 보기에도 백마사에서 중진급 이상의 직위를 가진 듯한 중들이 엄한 목소리로 꾸중하듯 그렇게 물었다.

 그 기세는 서늘했고, 기백은 장중하여 이 황금빛 가사를 착용한 이들이 실로 평범하지 않은 무위를 지녔다는 걸 알 수 있었다.

하지만 강만리는 한 치의 위축도 없이 당당하게 말했다.

"무림과는 아무런 인연이 없는데 어찌하여 무림의 인물을 숨겨 주고 있는 것이오?"

그의 물음에 황금빛 가사의 중들은 서로를 돌아보았다. 그러고는 한 명의 중이 다시 합장하며 입을 열었다.

"뭔가 착오가 있는 모양이구려."

마치 계집처럼 날카롭고 뾰족한 목소리를 가진, 역시 여승(女僧)으로 오해받을 법한 외모의 중이었다.

"빈승(貧僧)은 본 백마사에서 순찰당(巡察堂)의 책임을 맡고 있는 만규(卍規)라고 하오. 순찰당이 하는 일은 백마사 경내의 평온을 유지하는 것으로, 좀 더 세세하게 말하자면 초대받지 않은 자들의 침입을 막고 내부의 소란을 경계하며 외부와의 결탁을 조사하는 등의 일을 하고 있소."

스스로를 만규라고 소개한 중은 예리한 눈빛으로 강만리를 쏘아보며 말을 이어 나갔다.

"만약 경내에 시주가 말한 무림의 인물이 있다면 벌써 본 순찰당이 발견했거나 검거했을 것이오."

강만리는 만규 대사를 가만히 바라보았다.

그가 말하는 표정이나 자세, 눈빛을 보면 전혀 거짓말

을 하고 있지 않아 보이기는 했다.

하지만 그렇다고 해서 만규 대사의 말을 믿을 수는 없었다. 만규 대사야 비록 거짓말을 하지 않고 있다고 쳐도, 순찰당의 누군가가 만규 대사를 속이거나 아니면 만규 대사보다 높은 직급의 누군가가 사실을 감추고 있을 테니까.

강만리는 가볍게 코웃음을 치며 말했다.

"대사의 순찰당에 대한 자부심이 매우 높구려."

"당연하오. 다름 아닌 빈승이 직접 책임을 맡고 있으니까."

"하지만 그런 순찰당치고는 너무 경비가 허술한 게 아니오? 내 동료가 이미 백마사 경내에 들어가……."

일순 만규 대사가 강만리의 말을 중간에서 잘랐다.

"아, 그건 이미 알고 있었소. 시주의 동료는 미처 눈치채지 못했던 모양인데, 우리는 그 동료라는 자가 대웅전 지붕 위로 날아들 때부터 이미 그 행적을 눈치채고 있었소."

'흐음. 그래서였구나.'

강만리는 그제야 비로소 왜 화군악이 백마사를 파괴하지 못해서 안달이었는지 알 것 같았다.

콧대 높고 자긍심 강한 그가 잠입에 실패한 것도 그렇지만, 무엇보다 자신이 실패했다는 걸 전혀 모르고 있었다는 점이 그토록 분하고 모욕적이었던 것이리라.

강만리는 재차 코웃음을 치며 물었다.

"경내로 잠입한 내 동료가 한 사람이라고 생각하오?"

일순 자신만만해하던 만규 대사가 저도 모르게 움찔거렸다. 그러자 곁에 서 있던 또 다른 중이 한마디 거들었다.

"그럴 리 없소. 저자가 헛소리를 하여 우리를 속이려 드는 게 분명하오."

강만리는 방금 입을 연 중을 바라보며 물었다.

"대사는 어느 당의 누구시오?"

강만리의 매서운 시선을 접한 중년 중은 저도 모르게 한 걸음 뒤로 물러서며 대꾸했다.

"접객당(接客堂)의 책임을 맡고 있는 만경(卍敬)이오."

'아하.'

강만리는 그 만경 대사의 몸짓이나 목소리, 말투와 표정을 통해서 누가 공백인과 내통하고 있었는지, 또 누가 순찰당주 만규 대사를 속이고 있었는지 알게 되었다.

하지만 강만리는 굳이 지금 이 자리에서 그 사실을 밝히지 않았다. 대신 그는 자신의 뒤쪽을 가리키며 말했다.

"그렇다면 내 동료들과 싸우고 있는 저자들은 과연 누구요? 왜 우리가 백마사를 핍박하자마자 공교롭게 모습을 드러내고 우리와 싸우는 것이오?"

만규 대사나 다른 중들이 입을 열기도 전에 만경 대사가 먼저 말했다.

"그걸 우리가 어찌 아오? 불법(佛法)의 성지(聖地)인 백마사를 찾아와 난동을 부리는 그대들을 보다 못해 나선 협객들인지, 아니면 애당초 그대들과 악연이 있고 원한이 깊은 자들인지 우리가 어찌 알겠소?"

나름대로 논리가 있는 항변이었지만 강만리는 고개를 살짝 갸웃거리며 말했다.

"과연 그럴까? 우리가 백마사에 숨어 있는 무림인을 찾아낼까 봐 부랴부랴 달려온 자들은 아니고?"

"어허! 본 백마사는 무림인 따위 숨겨 주지 않소!"

"그게 사실이오? 부처를 걸고 맹세할 수 있겠소?"

"무, 물론이오. 부처와 내 불심(佛心)을 두고 맹세하겠소!"

만경 대사의 외침에 그의 동료 중들의 표정이 심각할 정도로 굳어졌다. 그들의 눈빛에는 동료를 이렇게까지 몰아넣은 강만리에 대한 분노가 서릿발처럼 일어서고 있었다.

강만리는 느긋한 표정으로 한 차례 그들을 둘러보고는 갑자기 벼락처럼 호통쳤다.

"예추야! 놈들 중 아무나 한 명 붙잡아서 이리로 데리고 와라!"

그의 쩌렁쩌렁한 목소리에 만경 대사는 물론 만규 대사와 동료들도 인상을 찌푸리며 고통에 겨운 표정을 지었다. 그들 역시 백마사의 일반 중들처럼 이 갑자가 넘는 강만리의 사자후를 버텨 내지 못하는 것이었다.

3. 고문(拷問)

 사자후(獅子吼)는 내공을 기반으로 한 음공(音功)의 일종으로, 전음술 등과는 정반대의 위치에 있는 무공이었다.
 전음술이 내공을 이용하여 음파(音波)를 최대한 압축시키고 파장(波長)을 극소화하는 수법이라면, 사자후는 반대로 내공을 이용하여 음파를 최대한 키우고 그 파장을 극대화하는 수법이었다.
 내공의 고수가 펼치는 사자후는 주변 사람들의 고막을 터뜨리거나 피를 토하게 만들거나 혼절하게 만드는 건 물론, 심지어 절명케 하는 위력을 지니고 있었다.
 만약 강만리가 진지하게, 자신의 모든 내공을 발현하여 사자후를 터뜨렸다면 만규 대사들이 겨우 인상을 찌푸리며 고통에 겨운 표정을 짓는 것으로 끝나지는 않았을 것이다. 모르기는 몰라도 심맥(心脈)이 터지고, 뇌가 폭발하여 그 자리에서 산산조각이 날 수도 있었다.

그래서 제대로 수련한 음공은 무림에서 가장 무섭고 두려운 심공(心功) 중의 하나로 인식되었다.

물론 강만리는 되도록 백마사 중들에게 피해를 주지 않고자 노력하는 중이었다.

굳이 진재건에게 중들을 죽이지 말라고 했던 것도, 강만리 또한 후려치고 패는 것만으로 백마사 중들을 상대했던 것도 바로 그런 연유에서였다.

그러니 지금의 사자후도 이 갑자가 넘는 모든 내공을 한꺼번에 쏟아부은, 그런 가공할 위력의 사자후가 아니었다.

그럼에도 불구하고 나름대로 백마사에서는 상당한 수준의 무위를 지닌 만규 대사들이 몸을 비틀거릴 정도의 충격을 받은 것이었다.

강만리의 사자후는 백여 장이나 떨어진 곳에서 한참 백여 명의 괴한과 맞서 싸우고 있던 화군악과 장예추에게 똑똑히 들렸다.

장예추는 장만리의 목소리를 듣자마자 벼락처럼 몸을 움직였다. 동시에 바로 앞에서 칼을 휘두르던 사내의 뒤로 돌아가 칼을 내리치고 팔을 꺾는 동시에 마혈을 제압했다. 그러고는 이내 지면을 걷어차며 훌쩍 몸을 날려, 순식간에 백여 장 거리를 내달렸다.

섬전(閃電)처럼 질주하는 그의 등 뒤로 소리치는 화군악의 목소리가 들려왔다.

"늦게 돌아오면 이 개자식들은 내가 모두 죽여 버린다?"

그야말로 괴한들의 입장에서 듣자면 안하무인(眼下無人)도 이런 안하무인이 없었다.

하지만 누구 하나 그의 말에 반박하는 이가 없었다.

그건 너무나도 당연한 일이었다. 무려 백여 명이 넘는 무리가 화군악과 장예추를 해일(海溢)처럼 뒤덮었지만, 불과 반각도 되지 않은 시간에 무려 오십여 명의 동료가 목숨을 잃었으니까.

그들은 결코 약하지 않았다.

십이귀와 백팔혈랑은 소중참도 공백인이 훗날 종리군의 패도(覇道)를 꿈꾸며 최선을 다해 길러낸 정예들이었다. 최소한 백팔혈랑은 일류급, 십이귀는 당경(堂境)에 해당하는 무위를 지녔다고 자부할 정도로 그들은 강했다.

그러나 상대는 장예추와 화군악이었다.

화군악의 군혼은 춤을 추듯 부드럽고 우아하며 현란하게 저들의 목과 심장과 옆구리를 찌르고 가르고 베었다. 장예추의 손에서 뻗어 나간 쌍환(双環)의 강기는 마음껏 허공을 휘저으며 저들의 목을 베고 긋고 다녔다.

그 압도적인 무위 앞에서 백여 명이 넘게 달려들든 무슨 소용이 있겠는가. 달려드는 즉시 픽! 픽! 쓰러지는 것이, 마치 베어진 볏단 쓰러지는 것과 다를 바가 없었다.

그렇게 백팔혈랑의 절반가량이 어처구니없을 정도로 간단하게 목숨을 잃고서야 비로소 그들은 자신들의 상대가 최소한 심벽(心壁)을 뛰어넘은 초절정의 고수임을 깨닫게 되면서 그 현격한 차이를 절감했다.

그러니 화군악이 아무리 안하무인으로 고함을 질러도 입 한 번 제대로 뻥끗할 수가 없는 노릇이었다.

'도망치자!'

'이대로 개죽음을 당하느니 목숨이라도 구하는 게 낫다!'

그들은 서로를 돌아보며 눈짓을 건넸다. 대부분 의견이 하나로 모였지만 그렇다고 해서 쉽게 도망칠 수 있는 상황이 아니었다.

'도망치다니, 어디로?'

'공 나리께서 아직 건재하신데 우리끼리 도망친다면 반드시 우리를 죽이려 할 거야.'

언제 찾아올지 모르는 죽음의 공포 앞에서 벌벌 떨며 도망치는 게 나은가. 아니면 지금 저 죽음의 사신(死神)을 향해 불나방처럼 달려드는 게 나은가.

피에 굶주린 늑대들이라고 해서 혈랑(血狼)이라는 별명

이 붙은 자들이었지만, 지금은 그저 호랑이를 마주친 개들처럼 꼬리를 만 채 어찌할 바를 몰라 할 따름이었다.

"데리고 왔습니다."
장예추는 잡아 온 사내의 마혈을 풀어 주며 말했다.
"이 개자식들이……."
사내가 욕설을 퍼부으며 주먹을 휘두르려 했다.
"컥!"
하지만 다음 순간 사내는 강만리의 주먹을 얻어맞고 코뼈가 바스러지는 통증을 견디지 못한 채 검붉은 피처럼 신음을 토해 냈다.
"까불지 않으면 목숨은 살려 주마."
강만리는 솥뚜껑 같은 손으로 사내의 목덜미를 움켜잡고는 만규 대사들의 앞으로 내밀었다.
만규 대사는 믿을 수 없다는 눈빛으로 장예추를 쳐다보고 있었다.
강만리가 소리친 지 불과 열을 헤아리기도 전이었다. 그 짧은 시간 동안 한 명의 건장한 사내를 납치하여 백여 장 거리를 날아오다니, 만규 대사는 그게 도대체 있을 수 있는 일인가 싶었다.
하지만 그 있을 수 없는 일을 해낸 장예추는 납치해 온 사내를 강만리에게 건네주자마자 "그럼 저는." 하고 몸을 도리더니, 다시 저 백여 장 밖의 전장(戰場)을 향해 쏜살처럼 날아갔다.

순식간에 그의 뒷모습이 점으로 변했다. 만규 대사를 비롯한 중들의 입이 떡 벌어지는 순간이었다.

강만리는 흐뭇한 눈길로 중들의 표정을 즐기다가 불쑥 입을 열었다.

"말해 봐라. 네가 여기 왜 왔는지."

장난을 치다가 어른에게 뒷덜미를 잡힌 꼴이 된 사내가 코에서 피를 줄줄 흘리면서 소리쳤다.

"널 죽이러 왔다! 아악!"

강만리는 사내의 머리에 알밤을 먹이며 말했다.

"허튼소리 하면 너만 힘들다. 자, 저 존귀하신 스님들에게 사실대로 말해 보라. 네가 여기 왜 왔는지 말이다."

"널 죽이러…… 흑!"

순간적으로 숨을 들이켠 사내는 비명이나 고함을 내지를 엄두조차 내지 못한 채 온몸을 비비 꼬면서 어쩔 줄 몰라 했다. 식은땀이 그의 이마를 흥건하게 적시고 있었다.

강만리는 사내의 불알을 움켜쥔 채 웃는 낯으로 말했다.

"마지막 경고다. 이번에도 헛소리를 지껄이면…… 불알 두 쪽 모두 날아갈 것이다."

"자, 잠깐만요."

사내는 식은땀을 뻘뻘 흘리며 애원했다. 어느새 그의 말투도 바뀌어 있었다.
 그 광경을 지켜보던 중들의 안색도 새파랗게 질렸다. 그들은 마치 강만리가 자신들의 불알을 쥐고 있기라도 한 듯한 표정들이었다.
 평생을 불문에서 살아온 그들이 언제 이런 고문(拷問)을 본 적이 있겠는가.
 강만리는 인상을 찌푸리며 말했다.
 "나도 사내자식 불알 만지고 있는 게 싫단 말이다. 좋아, 셋을 헤아리지. 하나, 둘······."
 "공 나리! 공 나리를 구출하러 왔습니다!"
 사내가 벼락처럼 소리쳤다.
 강만리는 중들, 특히 만경 대사의 눈을 뚫어지게 바라보며 재차 물었다.
 "지금 공 나리는 어디 계시지?"
 사내는 눈물을 흘리며 소리쳤다.
 "백마사 비로각 안에 계십니다!"
 일순 만경 대사를 비롯한 중들의 안색이 급변했다.

7장.
현신(現身)

아무도 다가설 수 없었다.
그 어떤 자도 그 어떤 무기의 접근도 용납하지 않았다.
그랬다.
장예추의 팔과 칼의 길이 아홉 자 다섯 푼 안의 간격은
오로지 그의 세상이었고 그만의 것이었다.

현신(現身)

1. 방귀 뀐 놈

"거짓말이오!"

강만리의 솥뚜껑 같은 손에 불알이 잡힌 사내의 고백에 제일 먼저 반응한 자는 백마사 접객당주 만경 대사였다.

"비로각이라면 본 백마사에서도 가장 존귀한 불당이거늘, 어찌 외인이 함부로 발을 들여놓을 수가 있겠소! 말도 안 되는 소리요!"

살짝 동요했던 대사들은 만경 대사의 말에 곧 고개를 끄덕이며 말을 보탰다.

"확실히 다른 불전이라면 모르겠지만, 비로각은 본사의 일반 제자들조차 쉽게 접근하지 못하는 곳이오."

강만리는 여전히 사내의 급소를 놓지 않은 채 그 말에 반응하여 말했다.

"호오, 그렇다면 더더욱 외인이 숨어들기에 적당한 곳이겠구려. 일반 제자들이 아예 접근조차 하지 못할 정도로 한적하고 조용한 곳이니 말이오."

"그, 그건……."

말을 보탰던 대사가 당황하여 제대로 말을 잇지 못하자 다시 만경 대사가 소리쳤다.

"헛소리 마시오. 만약 비로각에 오룡의 공 대인이 숨어 있다면 내 손에 장을 지질 것이오!"

"어라?"

강만리가 고개를 갸웃거렸다.

"우리가 찾고 있던 자가 오룡의 공 대인이라는 건 또 어찌 아셨소?"

일순 만경 대사의 안색이 급변했다. 하지만 그는 당황한 와중에도 빠르게 머리를 굴려 변명했다.

"그야 조금 전 그 시주가 공 나리를 구하러 왔다고 하지 않았소?"

"공 나리가 어디 오룡의 공 대인뿐이오? 이곳 낙양에는 공씨 성을 지닌 사람이 그렇게 드무오?"

"그, 그건……."

만경 대사가 대답을 하지 못하자, 만규 대사를 비롯한

동료들이 조금은 수상한 눈길로 그를 돌아보았다.

만경 대사는 식은땀을 흘리다가 다시 크게 소리쳤다.

"모르겠소! 빈승은 그저 공 나리라는 소리를 듣는 순간 나도 모르게 오룡의 공 대인을 떠올렸을 뿐이오! 그게 죄라면 달게 벌을 받겠소! 하지만 비로각에는 그 누구도 출입하지 않았으니, 불심을 걸고 맹세할 수 있소!"

그 맹세에 다시 동료들의 눈빛에서 의아한 빛이 사라졌다.

뒤이어 만규 대사도 입을 열었다.

"빈승 또한 공 나리라는 말을 듣는 순간 저 오룡의 공 대인을 떠올렸소. 사실 공 대인은 평소 백마사에 많은 액수의 기부를 하고, 선행(善行)을 펼쳐 온 시주이셨으니까 말이오. 그러니 만경 당주께서 그리 말한 것도 나름대로 이해가 가는 일이라고 생각하오."

만규 대사의 말을 들으며 만경 대사는 내심 안도의 한숨을 내쉴 수 있었다.

만규 대사의 말은 계속해서 이어졌다.

"물론 비로각에 공 나리가 있다는 그 시주의 말은 확실히 의아하기는 하지만, 그건 시주께서 그 시주의 그곳…… 허험, 급소를 쥐고 있기 때문에 반사적으로 튀어나온 거짓말일 수도 있지 않겠소?"

"허어, 이렇게 꽉 막힌 벽창호가 있다니."

강만리는 눈살을 찌푸리며 한숨을 쉬었다. 그러고는 명료한 말투로 또박또박 말했다.

"내가 협박했다고 해서 곧바로 비로각이라는 단어가 튀어나오다니 정말 대단한 협박이 아니오? 사실 나는 백마사에 비로각이라는 불전이 있는지도 몰랐는데 말이오. 또한 공 나리가 누구인지도 몰랐소. 어쨌든 나는 낙양 땅이 처음인지라 그 오룡의 공 대인이라는 분이 이렇게나 유명한 사람인지 전혀 모르고 있었으니까 말이오."

강만리를 어깨를 으쓱거리며 말을 이었다.

"그런데 비로각도 모르고, 공 나리가 누구인지도 모르는 내게 왜 이 사내는 그런 자백을 했겠소? 그저 내가 그의 불알을 쥐고 있다고 해서? 그렇다면 왜 대웅전이 아니고, 또 최 나리가 아니오? 초 나리도, 종 나리도 대웅전에 숨어 있을 수 있지 않겠소?"

"그, 그건……."

"즉, 이자는 아무렇게나 말을 한 게 아니란 말이오. 대체로 사람들은 부지불식간에 진실을 말하게 되어 있소. 머리를 굴리면서 거짓말을 하겠다고 미리 준비하지 않는 한, 이렇게 느닷없이 불알이 터지는 고통을 겪게 되면 제풀에 놀라 진실을 말하게 되는 것이오."

강만리는 미소를 지으며 자신의 가슴을 두드렸다.

"날 믿으시오. 지금 말한 건 다년간의 경험을 통해 얻은 사실이니 말이오."

"흥! 믿지 못하겠다."

강만리의 설명에 만경 대사가 코웃음을 치며 소리쳤다.

"다년간의 경험이라니? 설마 그대가 무슨 관아의 포두라도 된다는 것이냐?"

"어라, 어찌 아셨소?"

강만리는 눈을 휘둥그레 뜨며 말했다.

"나는 사천 성도부에서 십수 년간 포두직을 해 왔던 사람이오."

일순 만경 대사가 저도 모르게 놀라 소리쳤다.

"무림포두 강만리!"

주변 대사들이 일제히 만경 대사를 돌아보았다.

강만리의 눈빛이 서늘하게 빛났다. 만경 대사가 아차 하는 표정을 지으며 입을 벌렸지만, 그보다 먼저 강만리가 물었다.

"나를 아시오?"

"아니, 그게……."

"나를 안다는 건 귀하가 일반 승려가 아닌, 무림과 크게 관련이 있는 사람이라는 뜻인데. 그렇지 않소?"

"아, 아니, 그게 아니라……."

"보시오. 귀하의 동료들은 그게 무슨 말인가 싶어 다들

어리둥절해하지 않소?"

 강만리는 빠른 어조로 취조하듯 만경 대사에게 연달아 질문을 던졌다.

 "부끄러운 일이기는 하지만 내가 무명소졸인 까닭에 강호에서 나를 아는 이는 그리 많지 않소. 그럼에도 불구하고 내 별호와 이름을 정확하게 알고 있다는 건, 확실히 귀하가 어느 쪽으로든 나와 관계가 있는 게 분명한 것 같구려. 그렇지 않소?"

 "그, 그게……."

 만경 대사는 당황하여 쉽게 대답하지 못했다.

 그를 지켜보던 동료 대사들은 조금 전 강만리가 말했던, 부지불식간에 튀어나온 말이 곧 진실이라는 이야기를 떠올리며 안색을 굳혔다.

 "나, 나는 접객당주요!"

 만경 대사가 빈승이라는 말도 잊은 채 소리치며 변명했다.

 "본 백마사를 찾아온 손님 중에는 당연히 무림인도 있소! 그들과 이런저런 대화, 그러니까 세상 돌아가는 이야기를 나누다가 우연히 무림포두 강만리라는 자를 알게 된 것뿐이오! 그가 저 악명 높은 무림오적 중의 한 명인 동시에, 과거 사천 성도부의 명포두였다는 것도 그래서 알게 된 것이오!"

가만히 듣고 있자면 나름대로 일리가 있는 변명이었다.
 하지만 동료 대사들은 여전히 의심스러운 눈빛을 거두지 않았다.
 강만리가 계속해서 질문을 던지는 동안 끝없이 당황해하다가 뒤늦게 그나마 제대로 된 변명을 하는 만경 대사의 모습을 보며 강만리가 조금 전 했던 말을 떠올린 까닭이었다.

 ―머리를 굴리면서 거짓말을 하겠다고 미리 준비하지 않는 한, 이렇게 느닷없이 불알이 터지는 고통을 겪게 되면 제풀에 놀라 진실을 말하게 되는 것이오.

 "그렇다면 왜 그리 허둥댄 것이오?"
 만규 대사가 예리한 눈빛으로 만경 대사를 쏘아보며 계집처럼 날카로운 목소리로 물었다.
 "그게 사실이라면 저 강 시주가 어찌 자신을 알아보느냐고 처음 물었을 때 바로 대답할 수 있지 않았소? 왜 꾸물거리며 변명거리를 찾는 듯한 모습을 보인 것이오?"
 "그, 그게……."
 이번에도 만경 대사는 당황하여 어찌할 바를 몰라 하다가 갑자기 벌컥 성을 냈다.

"아니, 수십 년을 함께 지내며 생활해 온 나보다 저 무자비한 살인마의 말을 믿는 것이오? 강호 무림의 공적(公敵)으로, 그 목에 걸린 현상금만 하더라도 수만 금이 넘는 저 흉적(凶賊)의 말이 내 말보다 믿음직하다는 것이오?"

만경 대사는 버럭버럭 소리쳤다.

그에 강만리가 어처구니없다는 표정으로 중얼거렸다.

"허어, 방귀 뀐 놈이 성낸다더니."

"헛소리는 그만하라!"

만경 대사는 강만리를 노려보며 소리쳤다.

"네놈의 감언이설 따위에 현혹될 내 동료들이 아니다! 어디서 감히 헛된 말을 꾸며서 우리를 속이려 드는 것이더냐!"

"좋소."

강만리는 어깨를 으쓱거리며 능구렁이처럼 말했다.

"정 내 말이 의심스럽다면 지금 당장 비로각으로 가 봅시다. 만약 그곳에 공 나리인지, 공 대인인지 하는 자가 없다면 내 스스로 책임을 물어 자결할 테니 말이오."

거기까지 말한 강만리는 갑자기 두 눈을 부릅뜨며 만경 대사를 노려보았다.

서슬 퍼런 그 눈빛에 만경 대사가 흠칫 놀라 저도 모르게 주춤거리며 물러선 순간, 강만리는 지저갱(地底坑)에서 울려 퍼지는 듯한 묵직한 목소리로 말했다.

"그런데 말이오. 만약 그 비로각에 공 대인인지 뭔지 하는 자가 있다면 귀하는 어쩌시겠소? 나처럼 책임을 물어 배를 가르고 자결하겠소?"

일순 만경 대사는 안색이 백지장처럼 창백해진 채 아무런 말도 하지 못했다.

2. 수련(修鍊)

"흥!"

강만리는 아무 말도 하지 못하는 만경 대사를 보고 가볍게 코웃음을 친 다음, 만규 대사를 돌아보며 말을 이었다.

"대사께서는 어쩌시겠소? 만경 대사와 내 승부에 참가하여 그 판결을 내려 주실 수 있겠소?"

만규 대사는 난감한 표정으로 만경 대사를 돌아보았다. 만경 대사가 다급하게 그를 설득했다.

"저자의 말에 귀를 기울이지 마시오. 세 치 혀 속에 검이 숨어 있고, 배 속에는 아홉 마리의 능구렁이가 들어 있는 자요. 오죽하면 저 태극천맹과 오대가문에서 그를 무림의 공적이라 했겠소?"

만규 대사는 아무런 말 없이 만경 대사를 가만히 지켜보았다. 만경 대사의 말이 점점 더 빨라졌다.

"게다가 그 현상금이 무려 황금 일만 냥이라고 하오. 놈을 잡아서 태극천맹이나 오대가문에 보내면 황금 일만 냥을 받을 수 있소."

황금 만 냥이라는 말에 만규 대사와 다른 동료들의 눈빛이 파르르 떨렸다. 기회다 싶었는지 만경 대사가 더욱 은밀하고 달콤하게 속삭였다.

"안 그래도 요즘 본사의 살림이 힘들지 않소? 그 돈이면 앞으로 십 년 이상은 돈 걱정을 하지 않고 경전에 전념할 수 있을 것이오."

아닌 게 아니라 만경 대사의 말처럼 근래에 들어 백마사의 금고(金庫)는 그 위용에 비해 형편없이 말라 가고 있었다.

세상살이가 각박한 까닭인지 백마사에 들러 헌화하고 기부하고 시주하는 이들의 수가 상당히 적어졌다. 또한 각 지역의 유지들과 거상들의 찬조금 또한 확연히 줄어들었다.

사실 만규 대사는 물론 만경 대사도 미처 모르고 있었지만, 이렇게 백마사의 상황이 어렵게 된 데에는 다름 아닌 강만리를 비롯한 무림오적의 영향이 지대했다.

대륙전장의 금적산이 한동안 모습을 드러내지 않고, 무

한 땅의 갑부였던 노야가 갑작스레 죽으면서 각 지역의 유지들과 거상들은 대륙의 정세가 심상치 않다고 판단한 까닭이었다.

그리고 이럴 때는 투자금을 회수하고 비자금을 챙겨서 차후 야기될 사태의 추이를 지켜보면서 잠시 관망하는 게 순리였다.

그렇게 거상들과 유지들이 바짝 몸을 사리게 되면서, 당연히 평소 여러 기관이나 사찰 등에 보내던 찬조금이나 기부금도 줄어들 수밖에 없었다.

그리고 바로 그것이 백마사의 돈줄이 끊어진 직접적인 원인이었다.

한편 만경 대사는 쉬지 않고 입을 나불거리며 만규 대사를 비롯한 동료들을 설득하느라 여념이 없었다.

잠시 그들의 대화를 지켜보던 강만리는 지겹다는 표정을 지으며 몸을 돌렸다. 뒤쪽 상황이 어떻게 되었는지 궁금했던 까닭이었다.

강만리의 뒤쪽 백여 장 저편에서 벌어지는 전투는 절정에 이르고 있었다.

믿을 수 없게도 오직 단 두 명만을 상대로 싸우는 백여 명이 넘는 괴한의 수는 이미 절반으로 줄어 있었다.

하지만 지금껏 살아남은 자들은 그 백여 명 중에서도 상급의 무력을 지닌 자들이었다.

거기에다가 오십여 명을 죽였다고는 하지만 화군악과 장예추의 체력도 상당히 떨어진 상황이었다.

그래서였다. 신음 대신 고함이, 단말마 대신 병장기 부딪치는 소리가 더 많이 들려오고 더 크게 들려오는 까닭은.

사실 검이나 칼을 한 번 휘두르는 일은 그리 어렵지 않고, 대단한 힘을 요구하는 것도 아니었다.

하지만 사람의 몸에 박힐 정도로 찌르거나 휘두르는 데에는 상당한 힘과 정신력이 필요했다.

게다가 근육을 찢고 뼈를 가른 채 상대의 기름진 살 속에 푹 파묻힌 무기를 빼내는 일은 외려 훨씬 더 많은 근력과 체력이 필요한 작업이었다.

내공이야 샘에서 물이 솟듯 꾸준히 단전을 채운다고 할 수 있었지만, 체력은 그렇지 않았다. 아무리 내공의 고수라 할지라도 체력이 떨어지면 그 엄청난 양의 내공은 결국 무용지물이 되고 마는 법이었다.

그야말로 칼 휘두를 힘, 아니 손가락 하나 까닥거릴 힘조차 없게 되었을 때, 내공의 고수는 일개 뒷골목 불한당에게조차 목숨을 잃을 수가 있었다.

그래서 수련(修鍊)이 필요했다.

내공을 쌓아 올리기 위한 운기조식이나 검법이나 권법을 완성하기 위한 투로의 수련이 아닌, 육체를 강화하고 근력을 높이며 체력을 키우는 수련이 필요했다.

"젠장!"

화군악은 근래 들어 그런 기본적이고 초보적인 수련을 너무 등한시했다고 생각하며 투덜거렸다.

'겨우 오십 명, 그것도 예추와 나눠서 죽인 것뿐인데.'

한때는 수만 대군을 상대로 싸워 도주로를 열기도 한 화군악이었다.

그때의 화군악은 잠을 자는 시간까지 아끼면서 수련에 몰두했다. 저 만주 땅의 광활한 들과 산을 누비면서 체력을 단련하고, 무당파의 새로운 심공을 익히느라 밤낮이 바뀌는 줄도 몰랐다.

하지만 황궁의 생활은 그를 게으름뱅이로 만들었다. 기름진 식사에 평소 맛볼 수 없었던 과일과 다과들, 그리고 온갖 수발을 들어 주는 이들로 인해 화군악은 한껏 나태한 생활을 즐겼다.

장예추와 담우천은 대양산까지 한달음에 달려가 황후를 해치우고, 또 한달음에 달려오는 등 바쁘게 지냈지만 화군악은 그저 유유자적하게 궁내를 돌아다니며 거들먹거렸을 뿐이었다.

그 한가로움과 나태함이 지금 화군악을 이렇게 피곤하게 만들고 지치게 한 것이다.

'젠장! 담호가 지금 내 꼴을 보면…….'

화군악은 거친 숨을 몰아쉬며 담호를 떠올렸다.

언제나, 어디에서나 담호는 그 일과의 순서를 바꾼 적이 없었다. 적어도 화군악이 지켜보는 동안에는 말이다.

새벽처럼 일어나 마보(馬步)를 밟고 근육과 체력을 강화하는 수련을 끝낸 다음, 다시 자신이 알고 있는 모든 무공의 투로를 일일이 펼치는 게 담호의 아침 일과였다.

전력을 다해서, 마치 보이지 않는 상대와 목숨을 건 혈투(血鬪)라도 벌이듯 진심으로 칼을 휘둘렀고 발길질을 했다.

우연히 일찍 일어난 난 화군악이 담호의 아침 일과를 보게 되었을 때, 그의 건강한 육체는 감로수(甘露水)와 같은 땀방울로 흠뻑 젖어 있었다.

담호가 놀라운 건 그게 일과의 전부가 아니라는 점이었다. 그는 잠들기 전 아무도 모르게 밖으로 나가서 새벽에 했던 그대로 다시 마보부터 시작하여 투로까지 펼치고 나서야 비로소 잠자리에 들었다.

한밤중에 소피가 마려워 밖으로 나갔다가 우연히 홀로 칼을 휘두르는 담호의 모습을 보았을 때, 화군악은 그저 '수련에 미친 녀석.'이라고 생각하며 고개를 저었다.

그러나 담호가 이토록 빠르게 성장한 것은, 한참이나 뒤에서 달려오던 녀석이 어느새 화군악들과 어깨를 나란히 하면서 달리게 된 것은 바로 그 불굴(不屈)의, 끊임없는 노력 때문이었던 것이었다.

'이러다가 내가 담호를 사부로 모실 날도…….'

화군악은 문득 엉뚱한 생각을 떠올리면서 힐끗 장예추를 곁눈질했다.

지쳐서 군혼조차 제대로 쥘 수 없는 화군악과 달리, 장예추는 한 자루의 칼을 제 분신(分身)처럼 사용하며 놈들과 싸우는 중이었다.

장예추는 한 자루의 칼과 두 개의 강환(罡環)을 적재적소 운용하며 연신 적들을 물러나게 만들었다.

그러나 이제 남은 자들은 하나같이 당경급, 혹은 그 이상에 해당하는 무위를 지닌 자들이었다.

그들은 마치 호랑이를 상대로 싸우는 수십 마리의 늑대 무리처럼 영악하고 교활하게 치고 빠지면서 화군악과 장예추의 체력을 소모하게 만들고 있었다.

이대로는 안 되겠다 싶었는지 화군악은 장예추의 뒤쪽으로 훌쩍 몸을 날리며 소리쳤다.

"반각만 버텨 주라!"

한참 격전 상황에서 들려온 엉뚱한 말이었지만 장예추는 한 점 의문의 표정도 짓지 않은 채 화군악을 가로막고 나서며 적들과 마주했다.

3. 아홉 자 다섯 푼

 장예추의 일월쌍환(日月双環)이 허공을 갈랐다. 막 화군악을 뒤쫓아 달려오던 자들이 황급히 어깨를 틀며, 고개를 뒤로 젖히며 아슬아슬하게 강환을 피했다.
 처음과는 달리 이제 그들 역시 장예추의 일월쌍환의 움직임이 시야에 들어오고 있는 것이었다.
 장예추는 허공에서 두 손을 휘돌려 쌍환을 회수한 다음 다시 칼을 들어 크게 휘둘렀다. 허공에서 반월을 그리는 그의 칼끝에서 초승달 같은 강기가 섬전처럼 뻗어 나갔다.
"컥!"
 오랜만에 단말마의 비명이 들려왔다.
 하지만 장예추는 눈살을 찌푸렸다.
'최소한 다섯은 죽일 줄 알았는데.'
 다섯을 노리고 쏘아 보낸 강기가 겨우 한 명의 목숨만 빼앗은 게다. 그만큼 남은 자들은 강했고, 반대로 장예추는 약해져 있었다.
 연달아 펼쳐진 장예추의 공격을 피해 낸 적들은 곧 사방으로 흩어진 상태에서 장예추를 향해 장력과 검기, 지풍을 쏟아부었다.
 수십 개의 날카로운 빛이 마치 화살 세례처럼 장예추를 향해 쏟아져 들어왔다.

장예추는 거침없이 칼을 휘둘러 그 매섭게 파고드는 빛 무리들을 쳐 내고 튕겨 내고 후려쳤다. 그럴 때마다 캉! 캉! 캉! 하며 괴상한 소음이 장예추의 칼에서 울려 퍼졌다.

사실 이런 난전은 장예추의 장기 중 하나였다. 과거 담우천과 함께 무적가의 무리와 싸울 때도, 유주의 거친 황야에서 오대가문의 추적대와 싸울 때도, 대양산에서 봉헌사의 중과 군사들을 상대로 싸울 때도 장예추는 신출귀몰하게 움직이며 적의 허점을 노리고 빈틈을 파고들며 수많은 사상자를 만들어 냈다.

하지만 이번 난전은 그 궤가 다른 난전이었다.

몸을 숨길 곳 없는 벌판에서, 화군악을 보호하느라 이리저리 뛰어다니지도 못하는 상황에서 오십여 명의 적과 벌이는 난전이었으니, 장예추의 장기가 제대로 살아날 리가 없는 싸움이었다.

하지만 장예추는 초조해하지 않았다.

-반각만 버텨 주라!

화군악은 분명 그렇게 소리쳤다. 그러니 장예추는 반각만 버티면 되는 것이다. 약속된 반각이 지난 후의 일은 화군악이 알아서 할 테니까.

장예추는 화군악을 믿었다.

평소 농담을 잘하고 허튼소리를 즐겨 하는 까닭에 한없이 가벼워 보이기도 하지만, 이렇게 등을 맞대고 싸울 때만큼은 그 누구보다도 믿음직한 자가 바로 화군악이었다.

'슬슬 반각이 다 되어 가니까…….'

장예추는 이제 내력을 아낄 때가 되었다고 생각했다. 일월쌍환은 그 위력만큼이나 내공이 소모되는 수법이었다. 또한 강기 역시 적잖은 내력이 필요한 수법이었다.

체력을 보존하고 내공을 회복하는 데 가장 좋은 수법은 역시 남궁세가의 제왕검해(帝王劍解)였다.

제왕검해는 한 줌의 내력만으로 상대의 모든 무공을 파훼하고 역습을 가하는 절대적인 검법이었다.

비록 그 모든 검결을 완벽하게 깨우친 건 아니었지만, 그래도 장예추는 당경급 수준의 고수들을 상대로는 충분히 버틸 수 있다고 자신했다.

장예추는 호흡을 가다듬으며 칼을 늘어뜨렸다. 언뜻 보면 결국 싸움을 포기하는 듯한 모습과도 비슷했다.

살아남은 십이귀들이 일제히 소리쳤다.

"놈의 기력이 모두 소진됐다!"

"다들 전력을 다해 놈을 해치워라!"

그들의 살기 가득한 고함이 쩌렁쩌렁 울려 퍼졌다. 동시에 수십 명의 고수가 일제히 칼과 검, 창과 도끼를 휘두르며 장예추를 공격했다.

또한 십이귀들 중 살아남은 일곱 명의 고수는 백팔혈랑의 뒤쪽에서 연신 검기와 지풍, 장력을 쏘아 댔다. 그들이 펼쳐 낸 강기들은 마침 장예추를 덮쳐드는 고수들 사이를 스치듯 지나치며 맹렬하게 장예추를 덮쳐 갔다.

그야말로 필사적인 공격이었다.

그들 또한 잘 알고 있었다. 두 괴물 중 한 명이 부상이든 뭐든 갑자기 움직이지 않는 바로 지금이 아니면 절대 이 괴물들을 상대로 이길 수 없다는 사실을 절절하게 깨닫고 있었다.

그렇기 때문에 바로 이 순간, 오로지 장예추 혼자 싸우고 있는 바로 지금, 그들은 모든 전력을 기울여 반드시 그를 죽이겠다는 심산으로 칼을 휘두르고 검을 내지르며 장력을 퍼부었다.

반면 장예추는 명경(明鏡)과도 같은 냉정함을 유지하면서, 그리고 가라앉은 호흡이 면면부절(綿綿不絕) 끊어지지 않도록 조심하면서 천천히 칼을 들었다.

그러고는 비스듬히 칼을 막아 가장 가까이 들이닥친 지풍을 비껴 내고, 그 자세에서 살짝 방향을 틀어 장력을 걷어 냈다. 동시에 칼을 짧게 내려치는 것으로 날카롭게 파고들던 검기의 방향을 틀었다.

장예추의 움직임은 매우 느릿했고, 또 단순했다. 그러나 반대로 그의 칼의 움직임은 극한의 효용을 발휘하는 동선(動線)으로 이어졌다.

그것은 그야말로 찰나에 이뤄진 수법이었고, 단 한 번의 동작으로 이뤄진 움직임이었다.

칼은 바로 정면에 두고, 손목만 비틀고 꺾고 뒤집는 아주 단순한 움직임. 장예추는 그 단순하기 그지없는 동작만으로 십이귀들의 전력을 다한 맹공을 무위로 돌려보냈다.

그뿐이 아니었다.

수십 개의 무기가 사방에서 흉맹한 파공성을 일으키며 쏟아졌지만, 그 어떤 무기도 장예추의 간격 안으로는 들어오지 못했다.

장예추의 칼은 그 많은 무기가 쏜살같이 파고드는 와중에도 그 투로의 허점과 빈틈을 정확하게 노려서 받아치고 또 막아 갔다.

아무도 다가설 수 없었다. 그 어떤 자도 그 어떤 무기의 접근도 용납하지 않았다.

그랬다. 장예추의 팔과 칼의 길이 아홉 자 다섯 푼 안의 간격은 오로지 그의 세상이었고, 그만의 것이었다.

바로 그때였다.

"반각만 기다려 달라고 그랬지?"

장예추의 등 뒤로 돌아가 안전하게 숨은 채 최대한 체력과 기력을 회복하고 내공을 끌어모으던 화군악이 한순간 천둥처럼 소리치며 벼락처럼 날아올랐다.

화군악은 단숨에 장예추의 간격 안으로 들어서려고 발버둥을 치고 있는 자들의 머리 위로 날아오르더니, 그의 애검 군혼을 사용하여 그 반각 동안 끌어모았던 내공을 일시에 터뜨렸다.
 "모두 죽어라!"
 번쩍!
 군혼이 허공을 뒤덮는 순간, 마치 바로 눈앞에서 멸앙화린구가 폭발하는 듯한 거대한 섬광이 일었다.
 동시에 허공을 가르는 군혼의 우우우웅! 하는 파공성이 그들의 고막 깊숙한 곳까지 파고들었다.
 그것은 단 한 번의 움직임이었으며, 동시에 백팔 번의 서로 다른 동작이기도 했다.
 일초(一招)의 검이 허공을 갈랐지만, 그 일초의 검로(劍路)에서 백팔 개의 서로 다른 초식이 쏟아져 나왔다.
 단 한순간, 단 한 번의 초식으로 만들어 내는 수백여 개의 검선(劍線).
 바로 그것이야말로 저 무당파 조사인 장삼봉 진인이 말년(末年)에 이르러 무애암(無涯巖)에 남겨 두었던 태극혜검의 온전한 현신(現身)이었다.

8장.
고수(高手)

"운도 능력인 게다."
"그런가요, 담 형님?"
"그래. 운이 찾아왔을 때 그 운을 기회로 삼아 도약하느냐 그렇지 못하느냐 하는 것도 그 사람의 능력이라는 뜻이다. 미리 준비하고 있는 자만이 제대로 그 운을 활용하여 온전하게 자신의 것으로 만들 수 있는 법이지."

고수(高手)

1. 태극혜검(太極慧劍)

번쩍!

화군악 주변 십여 장이 새하얀 섬광으로 물들었다.

그 섬광은 수백 개의 검선으로 이뤄져 있었고, 그 많은 검선들은 일시에 사방으로 뻗어 나가 적들의 가슴과 목덜미, 옆구리와 이마를 관통했다.

눈동자가 타들어 갈 것만 같은 섬광에다가 한없이 강렬하고 파괴적인 검격(劍擊)을 받은 적들은 제대로 대응조차 하지 못했다.

날카로운 쇠꼬챙이들이 관통한 듯이, 그들의 몸 곳곳에 뻥 뚫린 여러 개의 구멍에서 피 분수가 뿜어져 나왔고,

주변 일대는 그들이 내뿜는 피와 절규와 비명으로 이내 아수라장이 되었다.

요행이, 운수 좋게, 혹은 전력을 다해 방어하거나 피한 덕에 겨우 목숨을 부지할 수 있었던 예닐곱 명의 적은 그 참혹하고 처참한 광경에 혼이라도 빼앗긴 듯 움직이지 못했다.

그건 가만히 놔둘 장예추가 아니었다.

그는 기다렸다는 듯이 두 손을 앞으로 내뻗었다. 손목에서 하얗고 붉은 두 개의 강환이 소리 없이 모습을 드러내더니 이내 기이한 곡선을 그리며 허공을 날아갔다.

소리도 없었고 기척도 없는 가운데 두 개의 강황은 자유롭게 회선(廻旋)하며, 아직도 그 현장에 우뚝 서 있는 자들의 목을 차례로 베어 갔다.

무려 이십여 고수들이 하나도 남김없이 목숨을 잃게 되는 데 걸린 건 불과 둘을 헤아릴 정도의 짧은 시간이었다.

화군악을 제외하고 그 주변에 더 이상 서 있는 자가 없음을 확인한 장예추는 손목을 까닥이며 두 개의 강환을 불러들였다.

빠른 속도로 되돌아온 두 개의 강환은 마치 녹아들 듯이, 스며들듯이 장예추의 손목에서 그 자취를 감췄다.

장예추는 힐끗 화군악을 쳐다보더니 곧바로 지면을 박차고 그에게로 날아갔다.

멀리서는 온전한 상태로 오연하게 우뚝 선 채 자신이 죽인 자들을 오시하는 것처럼 보이던 화군악이었다.

하지만 한 차례 경공술을 펼쳐서 바로 그의 곁에 착지한 장예추가 본 화군악은 전혀 달랐다.

핏기 한 점 없는 창백한 안색으로, 입가에는 실오라기처럼 가는 핏물을 흘린 채 화군악은 서 있었다. 아무래도 방금 펼쳤던 그 화려하고 무자비한 검격으로 화군악 역시 적잖은 내상을 입은 모양이었다.

"젠장."

화군악은 바로 곁에 장예추가 다가와 자신을 부축하는 걸 지켜보면서 투덜거렸다.

"충분히 펼칠 수 있을 줄 알았는데."

"말하지 마. 내상이 깊어진다."

장예추는 한쪽 손으로는 그를 부축하고 다른 한쪽 손을 화군악의 명문혈에 대고는 진기를 주입하며 말했다.

"아직 내공이 부족해. 마지막에 내공이 흐트러지는 걸 억지로 붙잡고 매달리다가 그만 내상을 입었어."

"그런 것 같다."

내력을 주입하여 최소한의 조치를 취한 장예추는 다시 품을 뒤적거리며 만해거사가 이른바 화평신단이라고 명명했던 그 환단을 꺼내 화군악의 입에 넣어 주었다.

화군악은 꿀꺽 화평신단을 삼킨 후 다시 입을 열었다.

"게다가 아직 깨우침도 부족해. 만약 태극혜검을 십 성 경지까지 수련했다면 지금 내공으로도 충분히 마저 펼칠 수 있었을 거야."

"어쨌든 그건 나중 문제고, 지금은 우선 쉬어야 할 것 같다. 잘했다. 네 덕분에 놈들을 빠르게 정리할 수 있었어."

화군악은 장예추의 위로를 들으며 문득 싱긋 웃었다. 그러고는 애써 어깨를 으쓱거리려고 하면서 말했다.

"짜식. 이제야 형님의 위대함을 알아주는 거냐?"

장예추도 피식 웃으며 말했다.

"진짜 언제까지 동생의 재롱을 칭찬해 줘야 하는 건지 모르겠지만 어쨌든 네 덕이 컸으니까."

* * *

대사들의 입이 쩍 벌어졌다.

강만리의 시선을 따라 백여 장 밖의 전투를 지켜보던 그들은 급작스레 폭발하듯 일어난 눈부신 섬광에 화들짝 놀라며 눈을 질끈 감았다.

그리고 다시 조심스레 눈을 뜬 순간, 그들은 도저히 믿을 수 없는 광경을 목도하게 되었다.

한순간에 수십 명이 속절없이 쓰러진 가운데 그들의 몸에서는 아직도 수십 개의 핏물이 분수처럼 뿜어져 나오고 있었다.

"보시오!"

만경 대사가 그곳을 가리키며 크게 소리쳤다.

"도대체 얼마나 큰 원한이 있는지는 모르겠지만, 저들은 저 백여 명이 넘는 자들의 목숨을 단 한 명도 남기지 않은 채 몰살시킨 살인귀들이오!"

그가 악을 쓰며 소리치는 동안 만규 대사를 비롯한 동료들은 깊게 가라앉은 눈빛으로 처참한 살육극의 현장을 지켜보고 있었다.

"저들을 경내로 들여보낸다면 무슨 일이 일어나겠소? 자칫 아무것도 모르는 학승들을 학살하는 건 물론이요, 심지어 주지 스님을 비롯한 원로들의 목숨까지 아무런 거리낌 없이 송두리째 빼앗을 자들이 바로 이자들이오!"

만경 대사의 억지가 먹힌 것일까. 아니면 아직도 피가 꾸역꾸역 흘러나오고 있는 시신들을 보고 결심한 것일까.

잔뜩 굳은 안색의 만규 대사가 다시 강만리를 돌아보며 싸늘한 어조로 말했다.

"돌아가시오."

불장(佛杖)을 쥐고 있던 만규 대사의 손에 힘이 잔뜩 실렸다. 힘줄과 핏줄이 고스란히 드러나고 있었다.

"어떤 일이 있더라도 시주들을 본사로 들여보낼 수는

없소. 그러니 이만 물러나시오."

"허어."

강만리는 탄식을 내뱉으며 물었다.

"저 안에 공 나리가 있는데도?"

"상관없소. 그건 어디까지나 우리의 일이니까."

만규 대사는 힐끗 만경 대사를 돌아보며 말을 이었다.

"혹여 그가 거짓말을 한다고 한들, 그건 어디까지나 우리의 문제요. 시주들이 물러난 후 사실 관계를 정확하게 조사하고 따져 본 후, 만약 접객당주가 거짓말을 했다면 본사의 규율과 불법에 따라 그 죄를 물을 것이오. 하지만 그건 어디까지나 우리의 일이오."

"허어. 정말이지 말이 통하지 않는군."

"만약 그 조사 끝에 본사에 숨어 있는 누군가를 발견하게 된다면 곧바로 그를 축출하겠소. 그러니 시주들은 본사 밖에서 기다리다가 우리의 조사 결과를 확인하시는 게 서로를 위해 좋은 일이고, 또 더 이상의 살육극을 벌이지 않을 수 있는 유일한 방법이오."

만규 대사는 이 멧돼지같이 생긴 작자와 그의 동료들이 강호의 초절정 고수들임을 알고 있었다. 만약 그들이 제대로 마음먹고 싸우려 든다면 자신들의 힘만으로 그들을 막아 낼 수 없다는 사실 또한 이미 알고 있었다.

하지만 만규 대사는 한 걸음도 물러서지 않았다. 백마

사의 중들이 외적의 힘에, 무력에 압도되어 스스로 굴복할 정도로 나약했다면 이 백마사가 무려 천오백 년에 가까운 세월을 굳건하게 버티면서 그 이름을 유지할 수 있었을 리 없었다.

무슨 일이 있더라도 꺾이지 않는 불굴의 정신. 바로 그것이 백마사를 지금껏 버티게 한 원동력이었다.

"진짜 쓴맛을 봐야 정신을 차리겠소?"

강만리가 눈을 부릅뜨며 위협하듯 물었다.

그러자 만규 대사가 천천히 불장을 들어 올리며 대답했다.

"시주께서 경내로 들어갈 수 있는 유일한 방법은 여기 있는 모든 본사의 스님들을 죽이는 것이오. 정녕 시주는 천하의 공적이 되려 하시는 게요?"

"하아."

강만리가 저도 모르게 한숨을 흘릴 때였다.

"그럴 필요 없다."

갑자기 묵직한 목소리가 허공 어딘가에서 들려왔다. 만규 대사를 비롯한 중들은 깜짝 놀라 고개를 들고 이리저리 쳐다보았다.

순간, 백마사 경내에서 하나의 신형이 허공 높이 날아오르는 모습이 그들의 시야에 들어왔다.

"헉!"

만경 대사가 저도 모르게 격하게 숨을 들이마셨다.

그 신형은 장중하면서도 날렵한 경공술을 펼치며 허공을 날았다. 날아가는 신형 아래에서 수백 명의 중들이 주먹을 휘두르고 불장을 찔러 갔지만 아무 소용 없었다.

외려 그 신형은 자신을 찔러 오는 불장을 발판 삼아 다시 도약하기를 두어 차례, 무려 오십여 장 거리를 세 번의 도약만으로 날아서 강만리의 곁으로 착지했다.

강만리가 정중하게 말했다.

"고생하셨습니다, 형님."

"고생은 무슨."

그 신형, 그러니까 비로각으로 숨어들었던 담우천이 잔잔한 목소리로 말했다.

"놈들의 머리를 가지고 왔다."

담우천은 그렇게 말하며, 양손에 들려 있던 두 개의 머리를 지면에 던졌다.

투툭.

두 개의 잘린 머리가 지면에 떨어지더니 그대로 데구루루 만경 대사와 만규 대사의 발밑으로 굴러갔다.

"어이쿠!"

만경 대사가 그 머리들을 확인하고는 화들짝 놀라며 뒤로 물러섰다. 만규 대사는 그 자리에 우뚝 선 채 잘린 머리의 주인이 누구인지 확인했다.

중년 사내로 보이는 자의 얼굴은 낯설었지만, 또 다른 머리는 만규 대사도 익히 아는 자의 얼굴이었다.

"공 대인……."

그랬다.

그 늙수그레한 얼굴의 임자는, 언제나 웃는 낯으로 백마사를 찾아와 수천 금을 기부하고 또 어린 학승들에게 용돈을 쥐여 주던, 바로 그 오룡객잔의 공 대인이었다.

강만리는 두 개의 머리를 내려다보며 물었다.

"늙은 쪽이 공 대인입니까?"

"맞네."

담우천이 대꾸했다.

"그리고 중년 사내 쪽은 공 대인의 심복인 것 같더군. 어쨌든 미안하네. 조금 시간이 걸렸네."

2. 벌레

불상 안에 숨어 있던 공백인을 죽이고 뒤이어 비로각으로 쳐들어온 무면귀까지 목을 자른 후 그곳을 빠져나온 담우천은 곧바로 경내를 가로질러 담을 훌쩍 넘으려다가 문득 밖에서 들려오는 소란에 잠시 걸음을 멈췄다.

굳이 천조감응진력을 운용하지 않더라도 담우천은 강

만리와 만규 대사들이 목청 높여 다투는 대화를 충분히 엿들을 수 있었다.

담벼락 바로 근처에 머무른 채 잠시 그들의 대화를 엿듣던 담우천은 무슨 생각이 들었는지 곧바로 몸을 돌려 비로각으로 되돌아갔다.

그리고 이미 죽어 있는 공백인의 목을 자르고 또 무면귀의 잘린 머리까지 들고서 다시 비로각을 빠져나와 이곳으로 날아온 것이었다.

그렇게 두 개의 머리, 공백인과 무면귀의 잘린 머리가 만규 대사와 만경 대사들의 발밑에 떨어졌다. 만규 대사가 그토록 부인하던 자들의 머리였다.

담우천은 무심한 눈빛으로 그 머리들을 내려다보면서 입을 열었다.

"공 늙은이는 비로각 불상 안에 숨어 있더군. 그리고 저 심복은 아주 태연하게 경내를 돌아다녔고 말이지."

만경 대사의 얼굴이 새파랗게 질렸다.

"그, 그건……."

말을 더듬던 만경 대사가 갑자기 발작하듯 크게 소리쳤다.

"이건 함정이오! 나를 모함하기 위해 만든 놈들의 함정이란 말이오! 절대로 속아 넘어가면 안 되오!"

강만리는 불쌍하다는 듯한 눈빛으로 그런 만경 대사를

가만히 바라보다가 다시 만규 대사를 향해 말했다.

"뭐, 이제 상관없게 된 일이기는 하오."

충격에 젖은 눈빛으로 잘린 머리들을 내려다보던 만규 대사가 고개를 들어 강만리를 바라보았다. 강만리는 어깨를 으쓱거리며 말을 이었다.

"공 나리가 죽은 이상, 대사 말대로 이제는 확실히 백마사 내부의 일이 되었으니까. 공 나리와 그의 수하가 어떻게 경내에 머물게 되었는지, 또 비로각 불상 안에 어떻게 숨게 되었는지는 대사들께서 세세하게 확인하고 조사할 일이니까. 뭐, 만경 대사에게 죄가 있든 없든 그건 우리의 문제가 아니라는 것이오."

강만리는 한 호흡 쉬고 다시 말을 이어 나갔다.

"천오백 년 세월 동안 그 무수한 풍파를 겪으면서도 무너지지 않고 버티어 낸 건 확실히 우러러볼 일이오. 하지만 거대해진 고목에는 온갖 벌레들이 꼬여 들기 마련이오. 내 충고 한마디 해 드린다면, 백마사 내부에 만경 대사 같은 벌레가 최소한 수십 마리, 수백 마리는 있을 것이오."

졸지에 벌레가 되어 버린 만경 대사였지만 그는 찍소리 한 번 하지 못한 채 허둥거릴 뿐이었다.

"그럼 우리는 이만. 귀 사의 앞날에 행운이 깃들기 바라오. 갑시다, 형님."

강만리는 아직도 불알을 움켜쥐고 있던 사내를 만경 대사 앞으로 집어 던졌다.
 만경 대사는 움찔 놀라며 사내를 크게 떼밀었다. 바닥에 나동그라진 사내가 그 충격으로 고통에 겨워 신음을 흘렸다.
 강만리는 거침없이 몸을 돌렸다. 담우천도 진재건도 그를 따라 만규 대사들을 뒤로 한 채 걸음을 옮겼다.
 만규 대사는 말없이 멀어져 가는 강만리 일행의 뒷모습을 지켜보았다. 그런 만규 대사의 발밑으로 공백인과 무면귀의 잘린 머리가 바람에 흔들거리고 있었다.

* * *

"고생했다."
"고생은요. 이 정도야 가벼운 몸풀기인데요."
"그 입가에 묻은 핏물 좀 닦고 그런 소리를 해라."
"어라? 아직도 묻어 있습니까?"
"그래. 흐음. 그러니까 싸우는 것도 좋고, 다 죽이는 것도 상관없다. 하지만 제발 좀 조심해라. 내력이 부족해서 기력이 역류할 때까지 내공을 한꺼번에 사용하는 건 정말 위험한 일이 아니더냐?"
"하하. 괜찮아요. 보세요. 멀쩡하잖습니까. 제 발로 혼자 걸을 수도 있고요."

"하지만 조금 전까지만 하더라도 예추에게 부축해서 겨우 서 있었지 않았느냐?"

"그건 그때고요. 예추가 내력을 주입해 주고, 또 화평신단을 줘서 지금은 멀쩡해졌습니다. 형님도 잘 아시겠지만 정말 화평신단이 내상에 탁월한 효능을 보이더라니까요."

"그래, 잘 알고 있다. 하지만 만해 사부의 이야기를 듣자 하니, 북해빙궁에서 가지고 온 화평신단이 이제 몇 알 남지 않았다고 하더구나."

"흐음. 그렇겠네요. 축융문의 대부인께도 아낌없이 드렸고, 그 빌어먹을 자하신녀문의 공주에게도 복용하게 했으니까요."

"말이 나왔으니 말인데 네게 묻고 싶은 말이 정말 많다. 그 빌어먹을 자하신녀문의 공주나 강호오괴들에 대해서, 그리고 나나 담 형님의 허락도 없이 자양과 담호를 데리고 창루에 간 것도 말이다."

"나는 상관없네."

"아니, 담 형님은 또 무슨 소리를 하시는 겁니까? 그런 건 사부나 부친의 몫이라고요."

"나는 사부나 부친에게 그런 경험을 배운 적이 없거든. 자네는 있나?"

"아, 그건 저도…… 하지만 이제 시대가 달라졌으니까요. 형님이나 나나 이미 구시대 사람이라서 요즘 시대의 젊은 아버지나 사부들이 어떻게 자식과 제자를 대하는지 전혀 모른다니까요."

"자네는 마치 잘 알고 있는 것 같군. 나와 늘 같이 다녔으면서 말이지."

"허험. 뭐 그 이야기는 나중에 하기로 하죠. 어쨌든 다들 제룡사에서 눈이 빠져라 기다리고 있을 테니까요."

"흠. 그런데 왜 황계 낙양 지부 사람들은 코빼기도 보이지 않는 겁니까? 같이 온 게 아니었습니까?"

"물론 그들에게도 연락을 취하기는 했지만 후방에서 기다리라고 했다. 그들이 합류해 봤자 그리 큰 도움은 되지 않을 테니 차라리 전투를 끝낸 우리가 편히 갈 수 있도록 마차를 준비하라고 했지. 아, 저기 보이는구나."

"쳇. 이거 정말 누구 좋으라고 싸운 건지 모르겠습니다. 우리가 이렇게 힘들게 싸우는 동안 저들은 팔자 좋게 마차나 구하고 있었으니 말입니다."

"누구 좋으라고 싸우기는. 어쨌든 덕분에 종리군의 일각(一角)은 괴멸시키지 않았느냐? 나름대로 심혈을 기울여서 만든 낙양의 본거지를 산산조각 냈으니, 종리군은 꽤 열 받을 게 분명하다. 그 정도 결과라면 충분한 싸움이었다."

"뭐, 그렇기는 하죠. 그런데 진 당주도 잘 싸웠습니까?"

"하하. 저야 뭐, 겨우 제 밥그릇 하나 챙길 정도였습니다. 활약은 모두 강 장주께서 하셨죠."

"아니다. 진 당주도 상당히 큰 도움이 되었다. 진 당주가 저들의 빈틈을 노리고 적재적소에 뛰어들어서 진영을 파괴하고, 움직임을 봉쇄시킨 덕분에 아주 간단하게 진영을 뚫고 만규 대사와 마주칠 수 있었다."

"역시. 아무리 생각해도 진 당주는 고 형님의 밑에 있을 사람이 아니라니까요."

"내 말이. 고굉 그 녀석보다는 아무리 못해도 열 배 이상 나은 친구라니까."

"과찬이 지나치십니다. 얼굴 부끄러워서 낯을 들 수가 없네요, 이거."

"참, 말이 나왔으니까 하는 말인데 고 형님은 어떻게 지내? 그래도 네가 가장 늦게 북해빙궁에서 나왔으니까."

"잘 지내신다. 담호에게 패배했던 게 꽤 큰 충격이었는지 빙궁의 고수들이나 모용세가 사람들을 붙잡고 하루에도 몇 번씩 대련을 하고 있지."

"흠, 그런다고 갑자기 실력이 늘 리가 없지. 아무래도 나이가 있으니까. 서른 넘어서는 아주 기이하고 특별한 기연을 얻지 않는 이상, 절대로 한계 이상 발전할 수가 없잖아? 아, 형님이야 물론 아주 기이하고 특별한 기연

고수(高手) 〈245〉

을 얻었으니까 논외로 치고요."

"그런 의미에서 보자면 진 당주도 특별한 경우라고 할 수 있겠지. 흑방 시절 고굉보다 몇 수는 아래였다고 했는데 지금은 고굉보다 열 배 이상 강해졌으니 말이지."

"모두 장주님들의 덕분입니다. 그리고 만해거사의 화평신단 덕분이기도 하고요."

"글쎄. 다른 흑방 사람들도 다 똑같이 훈련하고 화평신단을 복용했는데, 오로지 자네만이 유달리 무력이 급상승하지 않았나?"

"그, 그건…… 운이 좋아서일 따름입니다."

"운도 능력인 게다."

"그런가요, 담 형님?"

"그래. 운이 찾아왔을 때 그 운을 기회로 삼아 도약하느냐 그렇지 못하느냐 하는 것도 그 사람의 능력이라는 뜻이다. 미리 준비하고 있는 자만이 제대로 그 운을 활용하여 온전하게 자신의 것으로 만들 수 있는 법이지."

"흐음. 형님 말씀대로라면 진 당주는 이미 준비되어 있던 자였겠군요."

"그렇겠지."

"하하. 감히 저 같은 사람이 장주들의 대화에 오르는 것조차 부끄러워 어찌할 바 모르겠습니다. 저 먼저 달려가서 낙양 지부 사람들을 만나 마차를 이리로 가지고 오겠습니다. 아직 저들이 우리를 보지 못한 것 같으니까요. 그럼."

진재건은 네 명의 화평장 장주에게 일일이 인사를 한 다음, 곧바로 경신술을 발휘하여 앞으로 달려 나갔다. 지금까지 이어진 찬사에 비해서 그 경신술의 속도는 생각보다 그리 빨라 보이지 않았다.

강만리는 가뜩이나 조그마한 눈을 더욱더 가늘게 뜨며 가만히 그의 뒷모습을 지켜보았다.

3. 소문은 이렇게

오룡객잔의 공 대인과 그 수하들이 백마사 인근에서 몰살당했다는 소식은 빠르게 낙양 전역으로 퍼져 나갔다.

그 소문을 들은 사람들은 대부분 크게 놀라며 눈을 휘둥그레 떴지만, 몇몇 이들은 그럴 줄 알았다는 듯이 고개를 끄덕이기도 했다.

"애초에 문을 걸어 잠그고 잠수를 탔을 때부터 알아봤다니까. 분명 무림인들, 그것도 엄청나게 강한 고수들에게 쫓기고 있었다니까."

"하지만 일개 객잔의 지배인과 무림 고수가 부딪칠 일이 어디 있다고? 기껏해야 술값 바가지 씌우기일 텐데,

우리가 평소 알던 공 지배인이라면 그런 헛짓거리는 할 리도 없을 테고 말이지."

"흐음. 내가 조금 귀동냥을 한 게 있는데 말일세. 그 공 지배인이 그냥 평범한 일개 지배인이 아니라는 이야기가 있더라구."

"음? 그야 당연하지 않나? 낙양에서만 십수 개나 되는 오룡상가의 총지배인이니까."

"아니, 그런 거 말고 말일세. 상가니 객잔이니 그런 게 아니라 처음부터 무림과 관련된 자라는 게야."

"무림과 관련이? 그렇다면 공 지배인이 원래 무림인이 었다는 겐가?"

"그래. 내 말이 바로 그걸세."

늦은 시각, 손님들로 붐비는 주루에서 일단의 무리와 우연히 합석하게 된 멧돼지처럼 생긴 중년 사내가 갑자기 목소리를 낮추며 말을 이었다.

"내가 귀동냥을 해 보니까 알고 보니 종리군이라는 자가 그 배후에 있다는 게야."

"종리군? 그자가 누군데?"

"생전 처음 들어 보는 이름인걸."

"허어. 나름대로 이 바닥에서 장사꾼으로 굴러먹으며 잔뼈가 굵었다는 사람들이 어찌 그 이름을 모르나?"

멧돼지가 사람들을 타박했다. 그러자 장사꾼 무리로 보

이는 이들이 머쓱한 표정을 지으며 말했다.

"우리는 지금껏 낙양 일대를 벗어나 본 적이 없어서. 자네처럼 세상 떠돌아다니며 장사하는 친구들처럼 많은 정보를 알고 있지는 못하네."

"그래, 그 종리군이라는 자가 그리 대단한 인물인가?"

멧돼지는 술 한 잔 마신 후 안주로 비계 달린 돼지고기 한 점을 입에 쑤셔 넣고 우물거리며 입을 열었다.

"그래도 악양부의 금해가는 알겠지?"

장사꾼들이 혀를 차며 말했다.

"허어. 우리를 물로 보는군그래. 천하의 오대가문 중 하나인 금해가를 어찌 모르겠는가?"

"그 금해가가 왜?"

사람들이 안달 난 표정으로 재촉하자 멧돼지처럼 생긴 자는 더욱 목소리를 낮추며 말했다.

"종리군이라는 자는 십여 년 전 금해가의 젊은 상두(商頭)로 활약했던 인물이네. 당시 금해가의 장중보옥(掌中寶玉)인 초운혜와 혼약까지 한, 그야말로 앞날이 창창했던 자였지."

그의 말에 몇몇 사람들이 "아!" 하며 탄성을 지었다.

"그래, 그렇게 말하니 기억이 나는군."

"확실히 그 초 아가씨께서 금해가의 젊은 상두와 혼약했다는 이야기를 들은 적이 있네. 그 젊은 상두가 종리군이라는 자라는 건 처음 알게 된 사실이지만 말일세."

멧돼지는 다시 술을 마신 다음 청경채와 공심채를 볶은 요리를 우걱우걱 씹으며 말했다.

"그 종리군이 알고 보니 무림오적의 후보였다는 게야. 금해가 측에서 그 사실을 알고 파혼은 물론, 아예 그를 죽이려 했던 게지."

"이런. 그런 비밀이 있었나?"

"흐음. 만약 무림오적의 한 명을 사위로 둔다면 확실히 금해가의 체면은 말이 아니게 되겠군그래."

"무림오적의 후보라면, 결국 무림오적이 되지 못했다는 건가?"

사람들은 잔뜩 흥분한 얼굴로 멧돼지의 다음 말을 기다렸다. 멧돼지는 천천히 술을 따르며 입을 열었다.

"어쨌든 그때 종리군은 구사일생으로 목숨을 건졌고, 이후 금해가를 상대로 복수를 꿈꾸게 되었다는 걸세. 그 작업의 일환으로 오룡상가를 세워 금해가의 상권을 박살 내려 했던 게고. 자네들, 혹시 알고 있나? 오룡이라는 단어가 들어간 상점들이 이 낙양뿐만 아니라 전국 각지에 수백 개나 존재한다는 사실을 말일세."

수백 개의 상점이라는 말에 사람들의 눈이 휘둥그레졌다. 멧돼지는 계속해서 말을 이어 나갔다.

"나 같은 떠돌이 장사꾼이 아니라면 그런 사실을 알 리가 없겠지. 나도 그간 전국을 떠돌면서 수많은 상점과 거래를 트고 장사를 하다 보니 우연히 알게 된 것이네. 그 오룡이라는 단어가 들어간 모든 상점의 주인이 바로 종리군이라는 사실을 말이네."

"허어. 그런 비사(祕史)가 있었군그래."

"어째 이 낙양 땅에 갑자기 오룡이라는 글자가 들어간 상점들이 늘어난다 했더니."

사람들은 서로를 돌아보며 놀란 표정을 감추지 못했다.

멧돼지는 술을 홀짝이면서 그들의 표정을 훔쳐 보다가 다시 천천히 입을 열었다.

"어쨌든 앞으로 무림 정국은 커다란 태풍에 휘감길 걸세. 이번 공 대인을 비롯한 오룡상가 사람들을 몰살한 자들이 저 무림오적이라는 소문이 있지 않나, 혹은 금해가의 선제적 공격이라고도 하지 않나. 또 그렇게 낙양을 잃게 된 종리군이 과연 어떤 식으로 반격할지……. 다들 조심하게. 요즘 같은 정국에는 투자보다는 안전이 최우선이니까."

멧돼지는 어깨를 으쓱거리며 말을 이었다.

"뭐, 또 누군가는 이럴 때일수록 더욱더 공격적인 투자를 해야 한다고도 주장하겠지만, 나 같은 소인배는 그저 있는 돈 까먹지 않도록 최대한 간수할 수밖에."

그렇게 말을 마친 멧돼지는 끄응, 하면서 자리에서 일어났다. 사람들이 아쉬워하며 그를 붙잡았다.

"왜, 벌써 가게?"

"조금 더 세상 돌아가는 이야기 좀 해 주게나. 술이 부족하면 말하게. 얼마든지 사 줄 터이니."

멧돼지가 웃으며 고개를 저었다.

"아니네. 내일 아침 일찍 길을 떠나려면 딱 이 정도가 적당하네. 그럼 다들 공희발재(恭喜發財)하시기를."

"자네도 보중하시기를."

사람들은 아쉬워하며 멧돼지와 작별했다.

휘청거리는 걸음으로 주루를 빠져나온 멧돼지의 표정이 이내 바뀌었다.

그는 사방을 둘러보다가 천천히 걸음을 옮겼다. 때마침 맞은편 주루에서 한 사내가 걸어 나오다가 그를 보고는 황급히 두 손을 모으며 예를 갖췄다.

멧돼지가 그 사내를 향해 물었다.

"계획대로 된 것 같나, 진 당주?"

진 당주라 불린 사내가 황급히 다가오며 대답했다.

"네. 대부분 제 거짓말을 믿는 것 같았습니다, 강 장주."

멧돼지, 아니 강만리는 고개를 끄덕이며 웃었다.

"다들 혼란스러울 거다. 백마사니, 종리군이니, 무림오적이니, 금해가니 하면서 온갖 잡다한 이야기들이 한꺼번에 튀어나왔으니, 어느 게 사실이고 어느 게 거짓인지 전혀 종잡을 수 없을 게야."

진 당주, 진재건이 고개를 조아리며 말했다.

"그게 다 강 장주의 묘책 덕분입니다."

"그런데 말이네, 진 당주."

강만리는 바로 곁에 다가선 진재건을 바라보며 부드러운 어조로 물었다.

"자네, 십삼매 쪽 사람인가?"

진재건이 고개를 들지 못했다.

9장. 배신(背信)

그 모든 것들이 진재건의 가슴을 두드리고 그의 귓가에 소곤거리고 있었다.
지금처럼 즐겁고 재미있었던 때가 언제 있었느냐고,
지금처럼 격렬하게 싸우고 치열하게 살아온 적이 언제였느냐고,
주마등처럼 진재건의 뇌리를 스치고 지나가는 하나하나의 장면들이
그렇게 그에게 묻고 있었다.

배신(背信)

1. 주마등(走馬燈)

백마사에서 소중참도 공백인과 십이귀 백팔혈랑을 몰살시키고 돌아온 지도 이틀이 지났다.

뛸 듯이 기뻐하던 왕군려도 어느덧 정신을 차리고 도파파를 도와서 낙양 지부의 재건에 몰두하기 시작했다. 도파파는 도망치거나 자취를 감췄던 수하들을 불러 모으는 데 여념이 없었다.

황계를 배신하고 오룡상가 측에 달라붙었던 점소이와 점원들도 다시 낙양 지부를 기웃거렸다.

하지만 도파파는 인력이 부족한 상황에서도 절대 그들을 다시 영입하지 않았다. 한 번 배신한 자는 반드시 또 배신하는 법이라는 게 그녀의 주장이었다.

그렇게 낙양 지부 사람들이 정신없이 하루하루를 보내고 있는 동안, 강만리 일행도 이리저리 바쁘게 움직이고 있었다.

그들은 강만리의 계획에 따라서 하루에도 대여섯 곳의 객잔과 주루와 다관을 돌아다니면서 온갖 헛소문을 퍼뜨리고 다녔다.

그들이 사람들에게 퍼뜨리는 소문의 요지는 바로 '종리군'이었다. 강만리는 이번 사태의 배경으로 종리군이라는 자가 있다는 사실을 널리 알리고자 했다.

또 한편으로는 소중참도 공백인과 그 수하들을 몰살시킨 자들이 무림오적이 아닐지도 모른다는 소문도 함께 퍼뜨렸으며, 백마사 스님들이 공백인에게 뒷돈을 받고 그들의 사업 편의를 봐줬다는 소문도 함께 퍼뜨렸다.

그렇게 강만리가 사실과 거짓을 한데 뒤섞어서 사람들에게 퍼뜨리는 이유는 간단했다.

"오대가문 측에서 실상을 파악하기 어렵게 만들기 위함이다."

강만리는 그렇게 동료들에게 설명했다.

"우리가 어떤 소문을 퍼뜨리든 종리군은 그 실상을 알아차릴 것이다. 그리고 종리군이 사실을 아는 건 아무런 상관이 없다. 하지만 문제는 오대가문이지. 만약 오대가문 측에서 우리가 낙양에 왔다는 사실을 알게 된다면 전력을 다해 우리를 잡으려 들 것이다. 그걸 막기 위한 작업이라고 보면 된다."

 무림오적은 강했다. 그들은 이미 절정에 오른, 아니 초절정의 고수라고 해도 과언이 아니었다.

 화군악의 태극혜검이나 장예추의 제왕검해는 이제 어느 정도 성숙의 단계에 올라 있었다. 담우천은 굳이 거론할 필요가 없을 정도의 경지였으며, 강만리 또한 이제 내공을 자유자재로 운용할 수 있는 수준에 이르러 있었다.

 하지만 무림오적이 아무리 강하다고 한들, 겨우 네 명에 불과했다. 거기에 만해거사와 진 당주, 담호와 소자양까지 합쳐서 여덟 명에 지나지 않았다.

 반면 오대가문은 최소한 이만에서 오만 명의 고수를 동원할 수 있는 힘을 가지고 있었다.

 이곳은 유주도, 북해빙궁도 아니었다. 바로 오대가문의 앞마당이라고 할 수 있는 대륙 한복판이었다. 그런 곳에서 오대가문과 정면으로 부딪치게 된다면, 그때는 아무리 무림오적이 강하다고 해도 그들을 당해 낼 수가 없었다.

 굳이 강만리가 지난 이틀 동안 정보를 교란하고 헛소문을 퍼뜨린 것은 바로 그 점을 걱정한 까닭이었다.

 그리고 이날 밤 역시 강만리를 비롯한 다른 동료들이

부지런히 발품을 팔아 가며 여러 주루를 돌아다니는 이유로 바로 그 때문이었다.

강만리와 진재건이 마주친 건 그야말로 우연이었다. 또한 강만리가 십삼매 운운하며 이야기를 꺼낸 것도 계획에 없었던 일이었다.

조금 더 상황이 진정되고 다른 걱정거리가 없어졌을 때, 그때쯤 천천히 거론할까 생각하던 강만리였다.

하지만 모든 계획이 그의 뜻대로만 진행되는 건 아니었다. 바로 지금처럼, 분위기에 휩쓸려서 강만리가 저도 모르게 불쑥 입을 열어 십삼매 운운하게 된 것처럼.

"자네, 십삼매 쪽 사람인가?"

강만리의 물음에 진재건은 고개를 들지 못했다. 내심 올 것이 왔구나 하는 생각이 들었다.

사실 진재건도 강만리에게 자신의 정체가 어느 정도 발각되었다고 생각하던 참이었다. 자신을 바라보는 눈빛이나 툭툭 던지는 이야기 속의 뾰족함이 예전과는 사뭇 달라졌던 까닭이었다.

진재건은 고개를 숙인 채 잠시 생각을 정리하다가 천천히 입을 열었다.

"부끄럽고 면목이 없습니다만…… 맞습니다. 십삼매가 보냈습니다."

"흐음."

강만리는 놀라지 않았다. 당황하지도 않았다. 배신감을 느끼지도, 화가 나지도 않았다.

진재건이 십삼매의 심복이라는 걸 어느 정도 눈치챈 상태였기도 하거니와, 십삼매가 가만히 지켜보고 있을 리 만무하다고 여겼기 때문이었다.

게다가 상관의 지시에 따라서 충실하게 연기한 진재건에게 화를 낼 이유는 전혀 없었다.

그리고 무엇보다 강만리는 이 진재건이라는 인물을 상당히 마음 들어 하고 있었다. 그의 묵직한 성격이나 태도, 그리고 일을 처리하는 솜씨라든가, 그의 사람 됨됨이가 강만리의 신뢰를 얻고 있었다.

강만리는 천천히 물었다.

"그럼 이제 어찌할 생각인가?"

숨겼던 신분이 들통난 것이다. 마냥 이대로 화평장 당주 노릇을 할 수는 없었다. 십삼매에게로 돌아가는 게 당연한 결론일 것이다.

하지만 진재건은 망설였다. 막상 이곳을 떠나 십삼매에게로 돌아가려고 생각했더니 갑자기 지난 날들의 순간 하나하나가 주마등처럼 떠오르는 까닭이었다.

그때 당시만 하더라도 힘들고 괴롭고 화가 나던 고된 시간의 연속이었지만, 돌이켜 보면 그래도 '그때처럼 행복했던 때가 없었다'라고 미화(美化)되는 추억처럼, 지금 진재건의 뇌리에 떠오르는 주마등의 모든 순간순간이 그의 가슴을 두드리고 있었다.

저 황량한 황야를 질주하면서 도망치던 시절에 마셨던 한 모금의 물.

흙먼지로 잔뜩 뒤덮인 채 오대가문 사람들과 강시와 싸워 승리한 후 유랑객잔에 모여 축배를 들던 사람들의 얼굴들.

몇 겹의 옷을 껴입어도 추워서 오돌오돌 떨어야만 하던 북해빙궁의 그 아름다운 풍광.

깊은 밤 아무도 모르게 문을 열고 들어서던 여진족 여인들의 그 순박한 미소와 풍만한 몸집, 그 매서운 추위를 느낄 수조차 없게 만드는 한없이 뜨거운 열락(悅樂).

세상에서 가장 아름답고 화려하며 거대한 규모를 자랑하는 황궁. 그 아름다운 곳에서 살아가는 비열한 사람들. 황태자 주완룡. 그리고 몇몇 요염한 궁녀들. 눈웃음이 매혹적이었던 환관들. 무소불위(無所不爲)의 권력.

그리고…… 화평장 사람들의 얼굴 하나하나.

그 모든 것들이 진재건의 가슴을 두드리고 그의 귓가에 소곤거리고 있었다.

지금처럼 즐겁고 재미있었던 때가 언제 있었느냐고, 지금처럼 격렬하게 싸우고 치열하게 살아온 적이 언제였느냐고, 주마등처럼 진재건의 뇌리를 스치고 지나가는 하나하나의 장면들이 그렇게 그에게 묻고 있었다.

 2. 한 가지만 약속해 주게

 "허락만 해 주신다면……."
 진재건은 잠시 생각하다가 입을 열었다.
 "계속 강 장주의 곁에 머물면서 보다 많은 걸 배우고 싶습니다. 아직 부족한 게 많기에, 조금 더 이것저것 채워 넣고 싶습니다."
 적어도 작년 이맘때라면 도저히 입에서 나올 수 없는 말이 그의 입에서 흘러나왔다.
 "처음에는 시시한 명령이라고 생각했습니다. 또 언제 일을 마치고 성도부로 돌아가 유유자적 편하게 지낼까 하는 생각도 했습니다."
 꽤 충격적인 고백이었지만 강만리는 말없이 가만히 진재건의 이야기를 듣고만 있었다.
 진재건은 계속해서 말을 이어 나갔다.
 "하지만 지금은 전혀 시시하지도 않고, 또 편히 지낼 생각도 없습니다. 하루하루가 새롭고 즐거워서 내일은 또 무슨 일이 나를 기다리고 있을까, 하는 기대감이 넘쳐 나는 요즈음입니다."

거기까지 이야기한 진재건은 잠시 망설이다가 다시 입을 열었다.

"게다가 강 장주를 비롯한 여러 장주들께 많은 걸 배우는 중입니다. 이틀 전인가, 화 장주께서 나이 서른이 넘어서면 장족의 발전을 할 수 없다고 하셨잖습니까? 하지만 지금도 저는 하루하루 제가 성장하고 있다는 걸 확실하게 느끼고 있습니다. 또 사실이 그러합니다. 그러니 앞으로도 계속해서 성장하고 싶습니다."

가만히 듣고만 있던 강만리가 불쑥 물었다.

"왜 그렇게 성장하고 싶은데?"

진재건은 당연하다는 듯이 대꾸했다.

"그야 화평장분들을 지키고 호위하기 위해서죠."

"으음?"

의외의 대답을 들었다는 듯이 강만리의 눈이 휘둥그레졌다. 진재건은 거짓 없는 말투로 이야기했다.

"지금 제 가장 큰 목표는 역시 제가 맡은 호위 역할을 충실하게 해내는 겁니다. 이제 와서는 주로 담 도련님의 호위 무사 노릇을 하고 있는데, 어찌 된 게 담 도련님이 저보다 훨씬 강해지셨지 뭡니까?"

"흠. 하기야 담호 그 녀석의 성장이 눈부시게 빠른 편이기는 하지."

강만리는 저도 모르게 고개를 끄덕이며 중얼거렸다. 진

재건은 살짝 억울하다는 표정을 지으며 말했다.

"그러니까 말입니다. 외려 제가 담 도련님의 도움을 받게 될 지경에 이르러서는, 아예 제게 호위 무사의 자격이 없게 되는 게 아니겠습니까?"

하소연하듯 그렇게 말한 진재건은 가볍게 한숨을 내쉬며 마음을 진정한 후 조금 더 차분하고 가라앉은 목소리로 말을 이어 나갔다.

"그래서 강해지고 싶습니다. 제 역할을 제대로 수행할 수 있도록 말입니다. 그게 지금 저의 목표입니다."

강만리는 저도 모르게 미소를 머금으려다가 얼른 정신을 차리고 다시 무뚝뚝한 표정을 지었다. 그러고는 역시 무뚝뚝한 목소리로 물었다.

"십삼매는?"

진재건은 대답했다.

"그녀도 이미 이런 상황을 예측하고 절 이곳으로 보냈을 겁니다."

"자네가 그녀를 배신하고 우리 측으로 돌아선다는 걸?"

"네. 그럴 겁니다."

"확신하나?"

"확신합니다."

"흠. 정말 고약하군그래."

강만리는 마땅치 않다는 표정을 지으며 투덜거렸다.

"정말이지, 마음에 들지 않는다니까."

진재건은 고개를 들어 가만히 강만리를 쳐다보다가 불쑥 물었다.

"그럼 절 받아 주시는 겁니까?"

"그래야지 어쩌겠나?"

강만리는 한숨을 쉬며 엉덩이를 긁었다.

"자네를 내팽개쳐서 십삼매에게 본때를 보여 주고 싶지만, 아무래도 그건 자네를 잃는 손해가 더 큰 것 같으니 말일세. 좋아. 한 가지만 약속해 주게."

진재건이 다시 고개를 숙이며 말했다.

"말씀만 하십시오. 반드시 따르겠습니다."

강만리의 눈빛이 문득 서늘하게 빛났다.

"앞으로 말일세……."

나지막하게 들려오는 그의 목소리에 일순 진재건이 긴장하기 시작했다.

　　　　　　＊　＊　＊

"허어, 이것 참. 죽어도 하필이면 딱 이때 죽어서 말이오. 한 달, 아니 보름 후에 죽었다면 얼마나 좋았겠소."

"그러니까 말이오. 혼례는 혼례대로 늦춰지고, 본 가에서 숙식하는 빈객들은 빈객들대로 난처하게 되었으니 말이오."

금해가의 가주 초일방이 길게 한숨을 내쉬며 입을 닫았다.

아닌 게 아니라 이번 황제와 황후의 죽음으로 인해서 모든 관혼(冠婚)이 연기된 건 생각보다 큰 문제를 야기하고 있었다.

우선 건곤가 가주 천예무와 초일방의 손녀 초운혜의 혼례가 늦춰지면서, 아직 합방(合房)하지 못한 천예무의 심기가 갈수록 불편해지고 있었다.

지금도 그러했다.

"차라리 국법이고 뭐고 신경 쓰지 말고 우리끼리 단출하게 혼례를 치르는 건 어떻겠소?"

천예무는 이런 식으로 초일방을 압박하고 있었다. 그것도 요 며칠 내내 집요하게 말이다.

"아무리 그래도 어찌 이 나라의 백성 된 도리로 나라의 법을 어길 수가 있겠소? 어쨌든 황제와 황후께서 붕어하신 게 아니오? 우리부터 조금 더 참고 기다리는 게 다른 이들에 대한 모범이 될 것이오."

초일방은 그렇게 말하며 한껏 달아오른 천예무를 달래야만 했다.

그뿐만이 아니었다. 혼사를 축하하기 위해서 대륙 각지

에서 달려온 빈객들도 난처하기는 마찬가지였다.

 아무리 강호 무림인들이 유유자적하게 삶을 즐긴다고는 하지만 그래도 몇 달의 시간을 한곳에서 지낸다는 건, 그것도 자신의 의지가 아닌 타인의 강권으로 인해 그리 시간을 보낸다는 건 아무래도 탐탁하지 않은 일이었다.

 또 미리 정해진 계획이 있거나 약속이 있는 자들은 발만 동동 구른 채 어찌할 바를 몰라 했다.

 그들은 강호에서 살아가는 무림인이었다.

 미리 정해 둔 계획이나 약속도 중요하지만, 금해가와 건곤가라는 두 거대 가문의 혼사에 참석하는 것보다 중요한 일은 또 없었다.

 혼사가 진행되는 바로 그 자리에 앉아서 양쪽 가문의 가주와 중진들에게 눈인사를 하고 자신의 존재를 인식시키는 일보다 중한 일이 또 어디 있겠는가.

 한편 금해가도 난처한 건 마찬가지였다.

 금해가가 비록 대륙에서 세 손가락 안에 드는 거대한 상가이자 갑부이기는 하였으나, 아무리 그래도 만 명에 이르는 빈객들이 먹고 마시고 자는 비용을 감당하는 건 생각보다 훨씬 큰 지출이었다.

 그것도 앞으로 관혼 금지령이 풀리기까지 몇 달은 더 계속해서 그 비용을 감당해야 할 터였다. 모르기는 몰라도 상상을 초월하는 비용이 발생할 게 분명했다.

어디 그뿐이겠는가.

금해가와 건곤가에게 정식으로 초대받지 못한 무림인들의 수는 거의 십만 명에 달했다. 혼인식을 구경하고 얼굴도장이라도 찍기 위해서 그 많은 수의 무림인이 몰려든 악양부는 이미 포화 상태가 된 지 오래였다.

물론 악양부의 모든 객잔과 주루, 다관은 넘쳐 나는 손님들로 인해 행복한 비명을 지르는 게 당연했다.

하지만 또 워낙 혈기방장한 무림인들이 그렇게 좁은 공간에 밀집되어 있다 보니 하루가 멀다 하고 온갖 소란이 끊이지 않는 바람에 이제는 진짜 고통 가득 찬 비명을 지르는 상황이 되었다.

술에 취한 무림인들끼리 치고받고 싸우는 건 일상이었다. 손님을 더 받자고 과욕을 부리는 바람에 한껏 좁아진 대청에서 서로 무릎이 부딪치고 어깨가 부딪쳤다면서 사과를 요구하고, 거칠게 반응하는 바람에 시작되는 싸움은 비일비재했다.

그런 소란을 틈타서 돈 좀 벌겠다고 스며든 배수(扒手: 소매치기)들의 손은 쉬지 않고 취객들의 소매와 옷섶을 털었다.

그 와중에 행각이 들통 난 배수가 도망치고 피해자가 뒤쫓으며 벌어지는 치열한 추격전에 주변 상가는 아수라장이 되기도 했다.

기루나 윤락가 또한 골머리를 썩는 건 마찬가지였다. 늘어난 손님들로 인해 돈을 벌게 된 것까지는 괜찮았지만, 역시 그 빌어먹을 취객들이 문제였다.

 술에 취한 자들은 개만도 못했다. 온갖 행패와 난동을 부리며 주변 모든 걸 뒤집어 놓았다.

 계집이 마음에 들지 않는다면서, 계집이 강짜를 부린다면서, 혹은 내가 찍어 둔 계집을 다른 놈이 차고 앉았다면서, 혹은 바가지를 썼다면서 온갖 트집을 잡아 기물을 박살 내고 말리는 점소이들을 후려 팼다.

 심지어는 연락을 받고 출동한 관아의 포졸과 포두들마저 집어 던지고 부상을 입히는 바람에 악양부 관아 전체가 비상이 걸리게 되었다.

 그 취객들의 행패로 골머리를 앓다 못한 관아에서는 정식으로 금해가에 문제를 제기했다.

 금해가의 혼사에 참석하기 위한 무림인들의 행패로 악양부 모든 사람들로부터 민원과 항의를 받고 있다. 또한 사건들을 해결하기 위해 관아 사람들이 평소보다 몇 배는 더 바쁘게 움직이고 있다. 그 무림인들에게 입은 정신적, 물질적 피해도 상당하다.

 그러니 금해가에서 일정 부분 책임져야 하지 않겠느냐? 기쁨은 함께하고 고통은 서로 나눠야 하지 않겠느냐? 하면서 관아는 금해가를 압박했다.

즉, 간단히 말하자면 '얼른 돈을 더 내놓아라.'라는 게 악양부 관아의 실질적인 요구였으니, 금해가의 출금(出金) 담당자는 그야말로 죽을 노릇이었다.

3. 불청객(不請客)

"아닌 게 아니라 혼사가 석 달 연기된 것으로 너무 큰 피해가 발생하기는 했소."
초일방은 한숨을 쉬며 넌더리를 치듯 말했다.
"생각 같아서는 나 역시 천 가주처럼 당장 혼사를 치르고 싶은 게 솔직한 심정이기는 하오. 하지만 어쩌겠소? 나랏법은 따르라고 있는 게 아니겠소? 에휴."
마주 앉아 있던 늙은이, 그러니까 곧 초일방의 손녀사위가 될 천예무가 고개를 끄덕이며 말했다.
"금해가에서 입은 금전적인 피해는 본 가가 어느 정도 배상해 드리리다. 너무 걱정하지 마시구려."
"돈이야 아직 여유가 있으니 괜찮소. 하지만 쉴 새 없이 문제가 발생하는 탓에 여기저기에서 계속 하소연을 하고, 민원이 들어오니 정신적으로 상당히 피곤한 상태요."
"흐흠. 그것참 안타까운 일이구려."
천예무는 입맛을 다시며 떨떠름한 표정을 지었다.

사실 천예무는 어떻게 하면 하루라도 빨리 초운혜을 안아볼 수 있을까, 혼례를 치르지 않고 합방하는 방법이 있지 않을까 하면서 초일방의 속내를 떠볼 심산으로 찾아왔던 것이었다.

그런데 외려 초일방의 하소연을 듣고 앉아 있으니 당연히 떨떠름할 수밖에 없었다. 얼른 이 자리를 벗어나고 싶은 게 지금 천예무의 솔직한 속내였다.

바로 그때였다. 마치 천예무의 속내를 듣기라도 한 것처럼 문밖에서 금해가의 총관이 입을 열었다.

"담소 중에 죄송합니다만 천 가주를 찾아오신 손님이 있으십니다."

초일방이 가볍게 눈살을 찌푸리며 말했다.

"우리를 찾아오는 손님이 어디 한두 명이더냐? 이렇게 양대 가주의 회합 자리를 방해할 정도의 손님이더냐?"

문밖에서 총관이 대답했다.

"속하들도 그리 말씀드렸습니다만…… 손님께서 '종리 총사가 찾아왔다'라는 말씀이라도 꼭 전해 달라고 하셔서……."

순간 천예무의 안색이 급변했다. 반대로 초일방은 고개를 갸웃거리며 의아한 표정을 지었다.

"종리 총사? 이름도 밝히지 않고?"

"네, 그렇습니다."

초일방은 천예무를 돌아보았다.

"혹시 아시는 분이오?"

천예무는 딱딱하게 굳었던 표정을 빠르게 풀며 환하게 웃었다.

"아, 안면이 있는 자요. 허어, 축하하기 위해 꽤 먼 곳에서 굳이 찾아온 걸 보니 아무래도 이대로 돌려보낼 수는 없구려. 한번 얼굴이라도 봐야겠소."

그렇게 말하며 천예무가 일어서려는 순간, 초일방이 그의 소매를 잡으며 말했다.

"그런 반가운 손님이라면 굳이 따로 만나실 필요가 어디 있겠소? 아예 이곳으로 초대하여 이 초 가에게도 안면을 트게 해 주시구려."

"허허. 그렇게까지 대단한 친구는 아니라오."

"에이. 그렇게까지 대단한 친구가 아닌데 어찌 천하의 건곤가주께서 친히 영접하러 나가시겠소?"

초일방은 싱긋 웃으며 문밖을 향해 말했다.

"그 종리 총사라는 분을 이곳으로 모시도록 하라."

"명을 따르겠습니다."

총관의 목소리가 들렸다.

"자, 자. 앉읍시다. 술이 아직 이리도 많이 남지 않았소? 게다가 서로 할 이야기도 많은데 아직 자리를 파하기가 너무 아쉽지 않소?"

초일방은 근래 쌓인 고민과 짜증을 마땅히 풀 데가 없

었다는 것처럼 천예무의 소매를 잡은 채 그렇게 애원하듯 말했다.

천예무는 내심 한숨을 내쉬었다.

'종리 녀석이 갑자기 이곳에 모습을 드러낸 이유가 뭐지?'

천예무는 초일방의 강권에 못 이기는 척 자리에 다시 주저앉으며 속으로 중얼거렸다.

'워낙 천방지축으로 날뛰는 놈이라 좀처럼 그 의도를 파악할 수가 없다니까.'

천예무는 문득 그 잘생긴 청년의 얼굴을 떠올렸다. 그와 인연을 맺은 것도 벌써 십 년 가까운 세월이 되었다.

평생의 역작이었던 황궁 역모가 결국 실패로 돌아가고 아들 천휘수마저 잃게 되어 좌절해 있던 당시, 천예무를 찾아와 새로운 꿈과 희망을 품게 해 주고 또 다른 문을 열어 준 자가 바로 종리 총사, 종리군이었다.

종리군은 곧 경천회로 들어와 천휘수의 빈자리를 메우게 되었고, 경천회를 아예 새로운 조직으로 만들기 시작했다.

그의 활약은 게서 멈추지 않았다. 여진이나 몽골 등 외적들을 끌어들여 황궁을 치자는 계획도 그가 수립했고, 고묘파와 모산파 관계를 알아낸 것도 바로 그였다.

종리군이 말하는 대로 하면 모든 계획이 순탄하게 이뤄졌고, 종리군의 충고를 거절하고 제멋대로 움직이면 참혹한 결과가 만들어졌다.

 굳이 유주로 도망치던 무림오적의 뒤를 쫓을 필요가 없다는 종리군의 조언을 무시했다가 결국 천예무는 강시 염마를 비롯한 많은 피해를 입고 말았다.

 되도록 납작 엎드려 있으라는 종리군의 충고를 무시한 채 황태자 주완룡을 암살하려는 계획을 진행했던 황후와 소부 곽우중은 결국 강만리들에 의해 실패하고 자신들의 목숨마저 잃고 말았다.

 반대로 그의 조언과 충고대로 진행한 사안들은 모두 성공했으며 또 성공하는 중이었으니, 이제 와서는 천하의 천예무라 할지라도 그의 조언과 충고를 절대 무시할 수 없게 되었다.

 하지만 문제는 그 종리군의 속셈을 전혀 알 수 없다는 점이었다. 사람의 속내를 들여다보는 것으로는 천하제일이라고 자부하는 천예무조차 종리군이 무슨 꿍꿍이를 가졌는지 전혀 알 수가 없었다.

 무엇보다 천예무의 모든 행적은 종리군이 다 알고 있지만, 반대로 종리군은 천예무 모르게 행동하는 일들이 많다는 게 큰 문제였다.

 이번 경우에도 그러했다.

 종리군은 천예무와 아무런 상의도 없이 이렇게 홀연히 갑작스레 모습을 드러낸 것이었다. 그것도 곧 천예무와 사돈이 될 초일방 앞에 말이다.

"처음 뵙겠습니다. 종리 모(某)라고 합니다."
 단아하고 우아하면서도 늠름한 기풍을 두르고 있는 삼십 대 초중반의 사내는 초일방을 향해 그렇게 자신을 소개했다.
 '흐음. 왠지 낯이 익어 보이는구나.'
 초일방은 속으로 그렇게 생각하며 입을 열었다.
 "반갑소, 종리 공자. 아, 총사라고 하셨던가?"
 "아무렇게나 불러 주셔도 됩니다."
 "아니, 그러면 안 되는 일이오. 여기 천 가주께서 총사라고 부르시는데 어찌 내가 함부로 호칭할 수 있겠소. 자, 앉으시구려, 종리 총사."
 "갑작스러운 방문임에도 불구하고 이렇게 환대해 주셔서 정말 고맙습니다. 그럼 염치 불구하고 자리에 앉겠습니다."
 종리 총사, 종리군은 기품 넘치는 모습으로 자리에 앉았다.
 그 모습을 지켜보는 두 거물, 천예무와 초일방의 머릿속에는 서로 다른 상념들이 떠오르고 있었다.

10장.
급보(急報)

순간 천예무의 눈에서 번개가 작렬했다.
"장예추!"
자신의 유일한 아들인 천휘수를 죽게 만든 원흉!
바로 그 자가 낙양에 와 있다는 것이었다.
천예무의 얼굴이 귀신처럼 흉포하고 잔악하게 일그러지는 순간이었다.

급보(急報)

1. 천예무와 종리군

"아무래도 어디선가 본 듯한 얼굴이란 말이지. 특히 저 눈빛은…… 분명 내가 익히 알고 있던 사람 같은데 말이야."

초일방은 고개를 갸웃거렸다.

상인의 덕목(德目) 중 하나가 사람의 얼굴을 얼마나 잘 기억할 수 있는가 하는 부분이었다.

처음 본 사람들의 특징과 개성을 파악하여 머릿속에 기억해 둔 다음 한 달 후, 혹은 일 년 후에 다시 만나도 이내 '아, 한 달 만에 뵙습니다, 누구누구 나리.'라든가, '벌써 일 년이 지났군요. 누구누구 대인.' 같은 식으로 이야기하며 거리를 좁힐 수 있어야만 비로소 제대로 된 장사꾼이라 할 수 있었다.

그런 면에서 초일방은 그 누구보다도 탁월한 능력을 지니고 있었다.

그는 한 번 본 사람은 절대 잊지 않았다. 또한 언제 어디에서 무슨 일로 만났는지도 확실하게 기억했다. 그래서 초일방의 선친(先親)은 그 재주에 탄복하면서도 한편으로는 크게 아쉬워하여 이런 말을 남겼다고 한다.

-장사꾼의 길이 아니라 학문의 도(道)를 닦았더라면 고금 제일의 문사(文士)가 되었을 텐데.

하지만 흥미롭게도 초일방의 그 탁월한 기억력은 오로지 그쪽 방면으로만 특화되어 있었다. 책자를 외우는 것도 젬병이었고, 무공 구결을 외우는 것도 범재보다 조금 나은 수준에 불과했다.

그런 까닭에 초일방은 결국 장사꾼의 길로 나설 수밖에 없었으며, 작금에 이르러서는 선친을 뛰어넘는 거상으로 인정받고 있었다.

그런 초일방을 계속해서 고개를 갸웃거리게 만들게 한 자는, 약 일각가량 담소를 나누다가 건곤가주 천예무와 함께 방금 막 자리를 뜬 종리 총사라는 인물이었다.

"도대체 언제 보았을꼬?"

초일방은 턱수염을 매만지며 재차 고개를 갸웃거렸다. 아무래도 이날 밤은 쉽게 잠들 수 없을 것 같았다.

* * *

"참으로 담대한 친구라니까."

건곤가주 천예무가 혀를 차며 말했다.

"초 가주의 앞에 당당히 나설 줄은 천하의 나도 미처 예상하지 못한 일일세."

종리군은 부드럽게 미소를 지으며 입을 열었다.

"십 년 가까운 세월이 흘렀습니다. 그간 저도 많이 변했지요. 그렇게 변한 저를 알아볼까 궁금하기도 해서 모처럼 그와 자리를 함께했습니다."

"초 가주는 긴가민가한 표정이던데?"

"아쉽지만 아무래도 저인지 모르는 것 같더군요. 하지만 제 눈빛 하나만큼은 아직도 희미하게나마 기억하고 있는 모양입니다. 그래서 긴가민가한 표정을 지었을 테고요."

종리군은 입가에 희미한 미소를 띤 채 그렇게 말했다.

시종(始終) 담담해 보이는 모습의 종리군도 사실 그 초일방의 뛰어난 눈썰미에는 살짝 놀랄 수밖에 없었다.

지금 종리군은 인피면구와 역용술을 이용하여 본래의 얼굴은 감추고 있었다.

그의 심복들조차 알아볼 수 없을 정도의 완벽한 가면(假面)이었는데, 놀랍게도 초일방은 그 얼굴이 아닌 가면 속의 눈빛만으로 종리군에 대한 기억을 희미하게나마 떠올렸던 것이었다.

"어쨌든 다음부터는 이런 위험한 일은 하지 말게. 배짱은 두둑한 게 좋으나 때에 따라서 만용(蠻勇)이 되고 허세(虛勢)가 될 수도 있으니까."

"좋은 말씀 마음 깊숙이 새겨 두겠습니다."

두 사람은 어깨를 나란히 한 채 금해가 깊은 내원을 천천히 걸었다.

천예무는 금해가를 방문한 일반 손님이 아니라 초일방의 손녀사위가 될 몸, 당연히 그가 묵는 거처는 내원 한쪽에 마련되어 있었다.

한적하고 호젓하며 인공으로 꾸며진 가산(假山)과 폭포와 연못 등 그 풍광이 뛰어나 평소 초일방이 별채처럼 이용하던 곳으로, 현판에는 정심헌(靜心軒)이라는 글씨가 수려하게 적혀 있었다.

정심헌 주변에는 금해가 무사가 아닌 천예무의 심복들이 경비를 서고 있었다. 그들은 월동문 안으로 들어서는 천예무와 종리군을 보고는 가볍게 허리를 숙이며 인사했다.

"별일 없느냐?"

"네. 특별한 일은 없었습니다."

"그럼 계속 수고해라."

천예무는 경비 책임자의 어깨를 두드리고는 정심헌 안으로 들어섰다.

대청에 앉아서 문밖을 보면 폭포가 흐르는 가산과 그 폭포 물로 만들어진 연못이 고스란히 내려다보였다.

두 사람은 그렇게 대청 차탁에 앉아서 잠시 정원의 풍경을 지켜보았다. 바람은 선선하고 햇빛은 투명했다. 새가 지저귀는 소리가 유난히 청명하게 들려왔다.

"좋은 곳입니다."

종리군의 말에 천예무가 살짝 눈살을 찌푸리며 대답했다.

"이런 곳에서 지내면 본의 아니게 칼끝이 무뎌지는 법이지. 근래 금해가에 이런저런 사고가 끊이지 않는 것도 바로 그런 이유인 게야."

"그런가요?"

"그렇다네. 모름지기 천하를 꿈꾸는 사람은 언제나 그 칼날이 무뎌지지 않도록 주의하고 경계해야 하네. 비록 나도 이번 혼사로 인해 살짝 들떠 있기는 하지만, 그래도 가장 중요한 게 무엇인지는 잊지 않고 있다네."

"역시 천 가주이십니다."

"그나저나 무슨 일로 이렇게 찾아온 겐가? 설마 초 가주에게 얼굴을 들이밀기 위해 찾아온 건 아닐 테고."

"그런 이유도 없진 않습니다. 모처럼 악양에 왔으니 초 가주도 만나고, 또 운이 좋으면 운혜 아가씨의 얼굴도 볼 수 있지 않을까 해서요."

종리군은 미소를 지은 채 그리 말했다.

물론 종리군은 한때 초운혜와 깊은 관계였다는 사실을 천예무에게 말하지 않았다.

당시 애증(愛憎)의 마음으로 그녀를 어떻게 조련했는지도 이야기하지 않았다. 또한 그녀는 매일 밤 종리군의 아랫도리와 항문을 핥아야만 비로소 만족스럽게 잠을 잘 수 있다는 사실도 당연히 밝히지 않았다.

과연 그런 사실들을 알게 되면 천예무는 어떤 반응을 보일까. 종리군은 문득 천예무에게 사실대로 밝혀서 그 반응을 보고 싶었다.

하지만 겉으로는 어디까지나 그저 담담한 미소를 머금은 채 천천히 말을 이어 나갈 뿐이었다.

"하지만 역시 천 가주를 찾아온 가장 중요한 이유는 몇 가지 말씀을 드려야 사안이 있어서겠죠."

"말해 보게."

"새외팔천의 연합 중 아무래도 여진은 빼야 할 것 같습니다. 무림오적이 한바탕 내부를 뒤흔들어 놓은 까닭에 그걸 수습하느라 정신이 없더군요. 또한 저에 대한 경계심도 사뭇 높아져서…… 예전과는 달리 좀처럼 제 말에 설득되지 않습니다."

"흐음. 상관없네. 여덟 중 하나의 이탈이라면야. 다른 곳들의 상황은 괜찮나?"

"네. 별 이상 없습니다. 아, 화군악이 자하신녀문의 공주를 만나 치료해 주었다고 하더군요."

"음? 그거 불치병이라고 하지 않았나, 자네가?"

"그런 줄 알았습니다만…… 아무래도 만해거사의 의술이 이제는 경지에 오른 것 같습니다."

"흐음. 별문제는 되지 않겠지?"

"문제는 없을 겁니다. 어쨌든 그 공주는 제 곁을 벗어나지 못할 테니까요."

"그럼 그것도 상관없군. 또 다른 문제는?"

"금적산의 모습이 보이지 않습니다. 어디로 숨었는지 영 종적을 찾을 수가 없습니다."

"흥! 덩치에 어울리지 않는 겁쟁이 녀석."

천예무는 코웃음을 치며 말했다.

"무한 땅의 노야가 살해당했다고 해서 지레 겁을 먹고 자취를 감추다니. 내 앞에서는 천하 운운하면서 큰소리를 치더니 정작 그 정도밖에 되지 않는 자였네."

천예무는 힐끗 대청 밖으로 시선을 돌려 먼 하늘을 쳐다보며 말을 이었다.

"만약 내 혼사가 끝날 때까지 미리 약조했던 기부금이 들어오지 않는다면, 그와의 관계는 없었던 것으로 하지."

"그리 알겠습니다."

"또 다른 건?"

"그게 전부입니다."

"다른 회원들의 소식은?"

"이번 황궁의 실패로 다들 신중하게 경계 중입니다."

"그런가? 흠, 그래. 오룡상가는 잘되어 가고?"

"네. 순항 중에 있습니다. 아! 그리고 보니 화군악이 낙양에 모습을 드러냈더군요."

일순, 천예무의 눈빛이 서늘하게 빛났다.

"장예추는?"

"글쎄요. 아직 북경부에 있지 않을까요?"

종리군은 고개를 한 번 갸웃거린 후 계속해서 이야기했다.

"낙양에는 화군악과 만해거사, 그리고 담우천의 아들 담호와 축융문의 소문주인 소자양이 함께하고 있었습니다. 아무래도 천 가주의 혼사에 참여하기 위해 오는 길이 아닐까 싶습니다."

"그런 애송이들은 아무래도 상관없네. 장예추, 그리고

강만리 이 두 녀석만 내 손으로 죽이면 되니까."

"그러려면 아직 시간이 조금 필요할 겁니다."

종리군이 거기까지 말했을 때였다.

갑자기 천예무의 시선이 대청 밖으로 향했다. 그 순간 한 줄기 날카로운 울음소리가 들리더니 저 높고 먼 하늘로부터 한 마리의 매가 빠르게 날아왔다.

종리군이 그 매가 앉을 자리를 마련하기 위해 손을 뻗던 그때였다. 천예무가 중얼거리는 음성이 그의 귓전으로 흘러 들어왔다.

"뭐가 그리 급하게 날아오나 했더니 자네의 종자가 보낸 매였군그래."

일순 종리군의 안색이 창백해졌다.

'뭐야? 조금 전 대청 밖을 쳐다보던 시선이 바로 그 이유였던 거였어?'

순간적으로 창백해졌던 안색은 금세 원래의 상태로 돌아왔지만 종리군의 가슴은 여전히 두근거리고 빠르게 뛰었다.

천예무는 종리군보다 두 배 이상 빠르게 매의 존재를 인식했던 것이다. 즉, 다시 말해서 지금 두 사람의 무위는 그 정도로 차이가 벌어져 있다는 의미였다.

'역시…… 세상에 알려진 것보다 훨씬 더 무서운 인물이다.'

종리군이 속으로 그렇게 중얼거릴 때, 평소 연락용으로 이용하던 매 한 마리가 보기 좋게 그의 팔뚝 위로 내려앉았다.

 종리군은 매의 발목에 매달린 통을 열어 그 안에서 쪽지를 꺼내 읽었다.

 이내 그의 얼굴이 딱딱하게 굳어졌다.

 그런 종리군의 얼굴을 본 천예무가 문득 호기심을 느꼈는지 물었다.

 "무슨 일인가?"

 "그게……."

 종리군이 이를 갈며 말했다.

 "낙양의 오룡상가가 괴멸당했다는 소식입니다."

 천예무도 흠칫 놀랐다.

 "낙양의 오룡상가가? 설마 조금 전에 말했던 화군악, 그자의 짓인가?"

 "거기에 강만리, 담우천, 그리고 장예추까지 온 것 같습니다."

 순간 천예무의 눈에서 번개가 작렬했다.

 "장예추!"

 자신의 유일한 아들인 천휘수를 죽게 만든 원흉! 바로 그자가 낙양에 와 있다는 것이었다.

 천예무의 얼굴이 귀신처럼 흉포하고 잔악하게 일그러

지는 순간이었다.

 2. 계획대로

 강만리의 계획대로 낙양 사람들은 오룡객잔의 공 대인을 비롯한 이들을 누가 몰살시켰는지 전혀 알 수 없었다.
 객잔에서, 주루에서, 기루에서 퍼져 나오는 소문은 모두 저마다 달랐으니, 그 흉수가 무림오적이 되었다가 태극천맹이 되었다가 오대가문이 되기도 하였다.
 하지만 그 서로 다른 모든 소문 중에 공통된 것이 하나 있었으니, 바로 오룡상가의 진짜 주인이 누구냐 하는 사실이었다.
 종리군.
 이제 그 이름을 모르는 낙양 사람들은 아무도 없었다. 장사꾼들은 물론 관아 사람들도 낙양을 오가는 무림인들도, 하다못해 점소이나 다박사, 기루의 여인들까지 종리군이라는 이름 석 자를 똑똑히 기억했다.
 그리고 아마도 그 이름은 낙양으로부터 시작하여 대륙 전역으로 퍼져 나갈 것이고, 반년에서 일 년 사이에 세상 모든 사람이 그 이름을 알게 될 것이다.

종리군이라는 이름을 세상에 널리 알리자.

바로 그게 강만리가 계획을 진행한 이유였으며, 그 의도대로 세상에는 종리군이라는 이름이 조금씩 퍼져 나가기 시작했다.

* * *

괴멸되다시피 했던 황계 낙양 지부의 재건도 빠른 속도로 이뤄지고 있었다.

낙양 인근의 황계 지부들에서도 뒤늦게나마 사람을 보내왔고, 이른바 황백(黃伯)이라 불리는 황계의 고수들도 달려와 힘을 보탰다.

하지만 도파파는 그들의 도움이 달갑지 않은 모양이었다.

하기야 끝까지 다른 지부의 도움 없이 상황을 타개하려 했던 그녀였으니, 다른 지부들의 뒤늦은 도움이 반가울 리가 없었다.

그런 도파파의 속내를 읽었을까.

"십삼매의 말씀이 계셨소."

황백 중 우두머리가 그렇게 말했다.

"낙양은 물론, 이곳과 비슷한 상황에 처한 지부들을 도와서 오룡상가와의 전쟁을 승리로 이끌라고 말이오."

그러나 도파파의 입술은 여전히 튀어나와 있었다.

"그렇다면 조금이라도 빨리 찾아왔어야 하는 게 아니오? 일이 다 끝나고 오룡상가가 궤멸당한 후에 와 봤자 무슨 소용이오? 그저 생색내기에 불과한 게 아니오?"

황백의 우두머리는 고개를 갸웃거렸다.

"이곳은 특별히 무림오적을 보냈다고 하셨는데."

일순 도파파의 말문이 막혔다. 우두머리는 계속해서 말을 이어 나갔다.

"우리 같은 경우는 다른 지역, 태원부의 지부를 돕다가 이곳으로 오게 된 것이오. 아직도 태원부에는 수십 명의 황백이 남아서 오룡상가와 치열한 전투 중이오. 그런 지역들과 비교하자면 낙양의 경우에는 매우 빠르게 놈들을 물리친 게 아니오?"

여전히 도파파는 입을 열 수가 없었다.

"그 모든 게 바로 낙양 지부를 매우 중요하고 특별하게 생각한 십삼매가 무림오적을 보냈기 때문이 아니겠소?"

우두머리의 말에 도파파는 어쩔 수 없이 고개를 끄덕이며 입을 열었다.

"확실히 무림오적 덕분이기는 하오. 그리고 그 무림오적을 십삼매가 보냈다면…… 그녀에게 진심으로 감사해야 할 일이 분명하구려."

도파파의 항복 선언에 황백들은 다시 자신들이 할 일에

몰두했다.

 그들은 낙양 지부가 어느 정도 궤도에 오를 때까지 이곳 낙양에 머물면서, 질서를 확립하고 기강을 다지는 동시에 언제 또 쳐들어올지 모르는 오룡상가에 대비하는 역할을 맡게 될 것이다.

 며칠 후 슬슬 낙양을 떠나려고 짐을 꾸리던 강만리가 도파파로부터 그런 이야기를 전해 들었을 때, 강만리는 저도 모르게 주먹을 불끈 쥐며 투덜거렸다.

 "그녀가 공치사할 줄 알았다. 내 그래서 끝까지 이곳으로 달려오기 싫었는데 말이지."

 화군악이 웃으며 말했다.

 "어쩌겠습니까? 이미 일은 끝났는데요."

 "이게 다 너 때문이다!"

 강만리가 화를 냈다.

 "네가 놈들에게 붙잡히지만 않았더라면 이렇게 우리가 달려오지 않아도 되지 않았겠느냐?"

 맞는 말이었지만 또 틀린 말이기도 했다. 화군악은 고개를 갸웃거리며 말했다.

 "하지만 형님들이 북경부를 출발하실 때만 하더라도 우리는 낙양에 도착하지도 않았는데요?"

 "그, 그건……."

 "이리저리 시간을 맞춰 보면 아직 우리가 정주 백마당

에 있었을 때, 그때 형님께서 낙양으로 출발하신 게 아닙니까?"

화군악의 정확한 지적에 강만리는 차마 대꾸조차 하지 못한 채 부들부들 떨다가 버럭 소리쳤다.

"어쨌든 네 녀석 때문이다!"

그러고는 잔뜩 화가 났다는 듯한 걸음으로 객청을 나갔다. 쾅! 하고 거칠게 문이 닫혔다.

놀란 눈으로 그들의 대화를 지켜보고 있던 소자양이 불안해하며 화군악에게 물었다.

"사부께서 크게 진노하신 것 같은데요?"

"설마."

화군악이 웃으며 고개를 저었다.

"내 말이 옳고 정확한 까닭에 조금도 반박하지 못하게 된 것이 쑥스럽고 부끄럽고 할 말이 없어서 저런 것뿐이다. 조금 있으면 헛기침을 하며 돌아올 것이니 너무 걱정하지 않아도 된다."

"그, 그럴까요?"

소자양은 걱정스러운 표정을 감추지 못했다.

아무래도 좁은 통로에 갇혀서 정신을 잃었다는 게 큰 내상으로 남은 까닭에, 강만리가 저리 화를 내는 것이 마치 자신의 잘못처럼 느껴지고 있는 모양이었다.

만해거사가 눈치를 챘을까. 문득 소자양의 어깨를 다독

이며 말했다.

"네가 불안해하거나 자책할 건 하나도 없다. 네 잘못이 없으니 자책할 필요도 없는 게다."

"하지만……."

소자양이 입을 열려는 순간 화군악이 그의 말을 가로챘다.

"만약 자책하려면 만해 사부가 하셔야 할 거다."

만해거사의 눈이 휘둥그레졌다.

"음? 나는 또 왜?"

"그야 우리 중 가장 연륜이 높고 경험이 많으신 분이잖습니까? 당연히 놈들의 함정을 미리 눈치채셨어야 하셨으니까요. 안 그렇습니까?"

만해거사는 눈살을 찌푸렸다.

"그게 어디 내 잘못이란 말이더냐?"

화군악이 웃으며 말했다.

"하하하. 언제 만해 사부의 잘못이라 했습니까?"

"아니, 방금 그리 말하지 않았느냐?"

"그러니까 '만약'이라고 하지 않았습니까, 만약. 만약 자책하려면 그건 만해 사부의 몫이라는 것이지, 실제로는 전혀 그렇지 않다는 겁니다."

"흥! 아주 말은 청산유수구나."

만해거사가 짐짓 토라진 듯 팔짱을 끼며 몸을 돌려 앉

앉다. 그 모습이 마치 장난감을 받지 못한 어린아이처럼 보여서 지켜보는 사람들로 하여금 절로 미소 짓게 만들고 있었다.

그때였다.

"허험."

헛기침과 함께 강만리가 다시 객청으로 들어왔다. 웃고 있던 화군악이 소자양을 향해 한쪽 눈을 찡긋거렸다.

막 객청의 문을 닫던 강만리가 어색함을 감추려는 듯 크게 소리쳤다.

"뭣들 하고 있어, 얼른 짐을 꾸리지 않고! 아예 이곳에 눌러앉을 작정이야, 다들?"

강만리의 고함에 소자양은 어깨를 움츠리며 화군악을 향해 눈을 찡긋거렸다. 화군악이 유쾌하게 웃었다. 강만리가 그를 노려보며 성을 냈다.

"웃기는 왜 웃어?"

3. 그분

"급보 몇 가지가 들어왔습니다."

그렇게 조심스레 말하는 사내 무영은 황계가 아닌, 오로지 십삼매를 위해 충성을 바치는 다섯 명 중의 한 명이었다.

 이른바 황계오무(黃契五武)라는 별명이 붙은 그들이기는 했지만, 그들 다섯에게는 황계의 운명보다 그녀의 안위가 더 중요했다.

 어찌 보면 당연한 일이었다. 그들에게 이 일을 맡긴 자가 그렇게 당부했으니까.

 -황계는 목숨을 바쳐 지켜 줄 사람들이 많다. 하지만 그녀에게는 그럴 만한 사람이 너무 부족하지. 그러니 너희들에게 부탁하마. 그녀를 잘 돌봐 주도록 해라.

 그것은 황계오무 다섯 명이 평생의 은인이자 사부이자 주군(主君)으로 생각하고 있는 그가 세상에서 그 자취를 감추기 전, 그러니까 이곳 사천 성도부의 뇌옥에서 그 신분을 숨기고 요양하던 바로 그 시절에 마지막으로 남겼던 말이었다.

 그날부터 황계오무는 십삼매에게 모든 걸 바쳤다.

 물론 그들의 역할은 각자 달랐다.

 무영(武影)은 그녀의 수족이 되어 황계를 운영하고 명령을 내리며, 한편으로는 지금처럼 최대한 빠르게 중요한 정보를 가지고 와서 보고했다.

 무군(武君)은 사천성의 통치 기관인 승선포정사사(丞宣

布正使司)의 높은 관직에 있으면서, 관계(官界)에서 일어나는 일들을 보고하는 한편 또 관(官)의 힘을 통해서 알게 모르게 황계를 보호하는 임무를 맡고 있었다.

무옹(武翁)은 십삼매의 지시에 따라서 대륙 전역을 떠돌며 백이십팔 개의 황계 지부를 관리하고 감시하는 역할을 하고 있었다.

지난 삼황자 역모 사건 당시 한쪽 팔이 잘렸던 무문(武門)은 유령신마 등을 비롯한 공적십이마들과의 연락을 담당하는 한편, 자취를 감춘 몇몇 거마들의 행적도 함께 수소문하고 있었다.

특히 그가 가장 중점적으로 찾고 있는 인물은 역시 전대 천하제일고수이자 황계오무의 은인이자 사부이며 주군이라 할 수 있는 금강철마존이었다.

황계오무 중 마지막 한 명, 무료(武了)는 십삼매의 개인 호위 무사 역할을 맡고 있었다. 언제나 그녀의 지근거리에서 벗어나지 않은 채 행여 있을지 모르는 기습을 대비하고 암살에 대처하는 게 그의 임무였다.

하지만 지금 무료는 십삼매의 곁을 떠난 지 무려 이 년째가 되어 가고 있었다.

물론 그녀의 밀명 때문이기는 하지만, 어쨌든 그렇게 무료가 자리를 비우게 된 것을 무영은 심히 안타까워하고 있었다.

'물론 십이백야(十二伯爺)가 있기는 하지만······.'

물론 황계의 최고 무위를 지닌 열두 명의 고수를 두고 십이백야라 일컫기는 하지만, 그래도 역시 무료만큼 든든하지는 않았다.

그렇게 무영이 잠시 다른 생각을 할 때였다.

복도 한쪽 문이 열리고 막 목욕을 끝낸 듯, 복숭앗빛 감도는 살결에 촉촉하게 젖은 머리카락의 달콤한 향기를 풍기면서 십삼매가 모습을 드러냈다.

반쯤 벗은 듯한 모습의 그녀를 보자마자 무영은 황급히 고개를 숙이며 말했다.

"낙양의 일은 무사히 해결되었다고 합니다."

십삼매가 반색하며 물었다.

"무림오적인가요?"

"그렇습니다. 설벽린을 제외한 네 명의 힘으로 낙양의 오룡상가를 괴멸시켰다고 합니다."

"역시."

그녀가 객청을 가로질러 와탑(臥榻)에 몸을 기댔다. 갈라진 치맛자락 사이로 늘씬한 종아리에서부터 탱탱한 허벅지까지 그 선홍빛 살결이 고스란히 드러났다.

고개 숙인 무영의 시선 끝자락에 봉숭아 물을 들인 그녀의 앙증맞은 발가락이 들어왔다. 무영은 저도 모르게 마른침을 꿀꺽 삼키며 빠르게 말을 이어 나갔다.

"그리고 무문의 전갈입니다."

"아니, 잠깐만요."

십삼매가 무영을 제지했다.

"낙양에서의 일을 조금 더 자세히 말해 줄 수 있을까요? 그들의 활약상을 듣고 싶어요."

"아, 그러니까……."

무영은 자신이 접한 보고 그대로 설명했다.

십삼매는 마치 꿈을 꾸는 듯한 표정을 지은 채 가만히 무영의 말에 귀를 기울였다. 그러다가 무영의 입에서 강만리의 활약상이 펼쳐지자 그녀는 더욱더 활짝 웃는 낯으로 그의 말에 집중하였다.

"정말 잘되었네요."

무영의 설명이 끝난 후 십삼매는 만족했다는 듯이 고개를 끄덕였다.

"거기에다가 종리군이라는 이름 석 자까지 소문을 내다니, 역시 오라버니의 술수는 당해 낼 재간이 없다니까요."

십삼매가 한참이나 즐거운 얼굴로 강만리에 대한 칭찬을 늘어놓는 동안 무영은 고개를 조아린 채 묵묵히 들었다. 그녀는 시간이 제법 흐른 뒤에야 비로소 정신을 차린 표정을 지으며 화제를 전환했다.

"무문이 무슨 소식을 전해 왔다고요?"

"네."

무영이 오래간만에 입을 열었다.

"우선 서안의 어르신들께서 곧 이곳 성도부로 오실 거라는 소식입니다. 그쪽 일들이 모두 끝난 모양입니다."

십삼매가 콧잔등을 찌푸렸다.

"그렇게 일찍 오시라고 했는데도 참. 지금 여기는 소야 때문에 얼마나 고생하고 있는지도 모르시고들."

"그분들이 오셔도 문제는 있습니다."

"문제?"

"네. 만약 소야와 소홍이 왜 혼인하지 못하느냐고 그분들이 물어 오실 경우, 대답하기가 상당히 난감하게 됩니다."

"아, 그거요?"

십삼매는 이미 생각하고 있었다는 듯이 고개를 끄덕이며 말을 이었다.

"그 문제는 제게 맡겨 두세요. 그저 하루라도 빨리 그분들이 오셔서 저 말썽꾸러기 소야를 데리고 가시도록 독촉하는 게 그대의 일이에요."

"알겠습니다. 다시 전갈을 보내겠습니다."

"조금 전에 우선이라고 말했으니 무문에게서 연락이 온 게 더 있겠죠?"

"네. 사실 가장 급보라고 할 수 있는 이야기입니다. 그분의 거취를 찾은 것 같다는 전갈입니다."

"뭐라고요?"

일순 십삼매가 자리에서 벌떡 일어났다. 무영이 침착하게 이야기했다.

"확실하지는 않지만 그분과 매우 흡사하게 생긴 노인을 본 사람이 있다고 합니다."

"그게 어딘가요?"

"항주(杭州) 지역입니다."

"항주……."

십삼매는 입술을 잘강 깨물었다.

항주라면 오대가문 철목가의 본산이 있는 성시(城市)였다. 말하자면 적의 목구멍 안이라고 할 수 있는 곳 중의 하나가 바로 항주였다.

그곳에서 '그분'의 행적이 발견되다니.

만약 진짜 그라면 왜 하필 그곳에 몸을 숨기고 있는 것일까.

십삼매는 잠시 생각하다가 빠르게 물었다.

"무웅은 지금 어디쯤 있죠?"

"지금이라면 무한에 있을 겁니다."

"좋아요. 우선 무웅을 항주로 보내 그분의 행적을 수소문하라고 전해 주세요. 아울러 무문에게도 반드시 그분을 찾으라고도 전하고요."

어쩔 줄 모르며 서성거리는 십삼매와는 달리 무영은 언제나처럼 침착하고 차분하게 대답했다.

"명을 받듭니다."

(무림오적 66권에서 계속)

환상이 숨쉬는 공간 파피루스 blog.naver.com/gnpdl7

샤이나크 현대판타지 장편소설

빌어먹을 아이돌

닳고 닳아 버린 뮤지션, 한시온
그는 절망했다

[피지컬 앨범 2억 장 판매]
[미션에 실패했습니다. 회귀합니다.]

최고의 재능을 모아도, 그래미 위너가 되어도
언제나처럼, 열아홉 살 그때로

무한한 세월, 끝도 없는 회귀
질식하기 전에 도망쳐야 한다

여태껏 하기 싫었던
K-POP 아이돌이 되어서라도
그렇게 또다시, 열아홉이 되었다

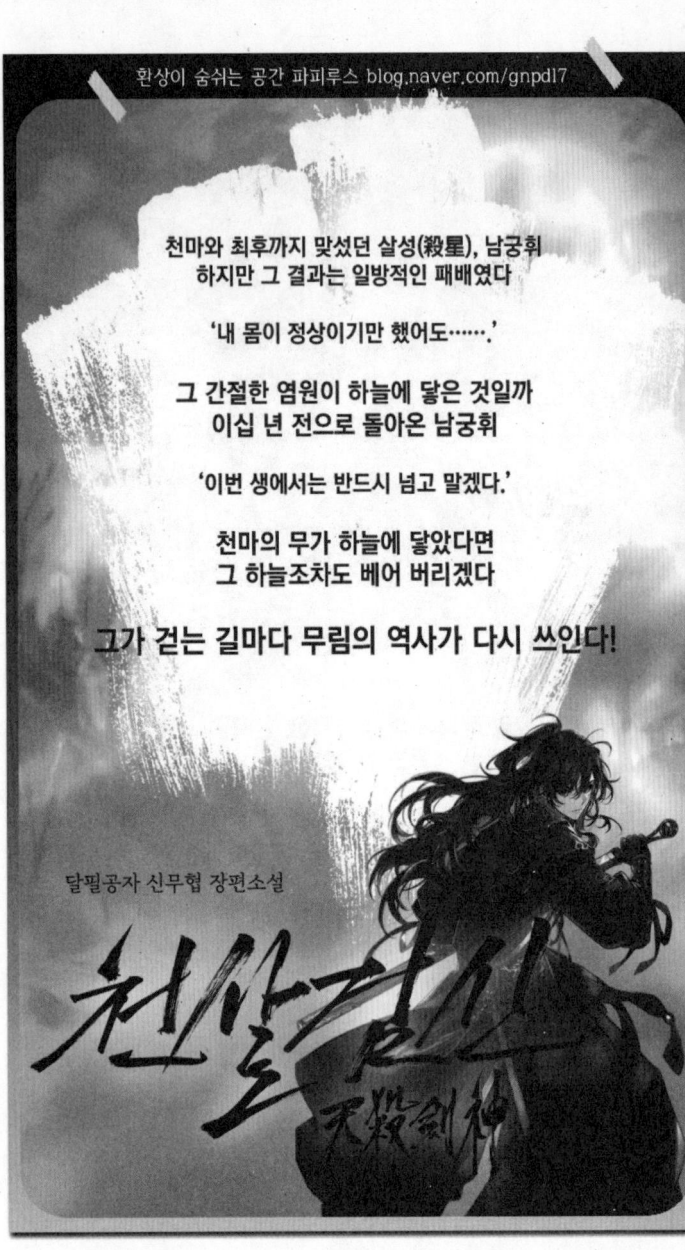